KB170985

조선남자
朝鮮男子
-천능의 주인-

조선남자 1권

초판1쇄 펴냄 | 2019년 11월 28일

지은이 | K.석우
발행인 | 성열관

펴낸곳 | 어울림 출판사
출판등록 / 2009년 1월 23일 제 2015-000062호
주소 / 경기도 고양시 일산동구 무궁화로 43-55, 801호 (장항동, 성우사카르타워)
TEL / 031-919-0122
FAX / 031-919-0127
E-mail / 5ullim@hanmail.net

값 8,000원

ISBN 978-89-992-6191-6 (04810)
ISBN 978-89-992-6190-9 (SET)

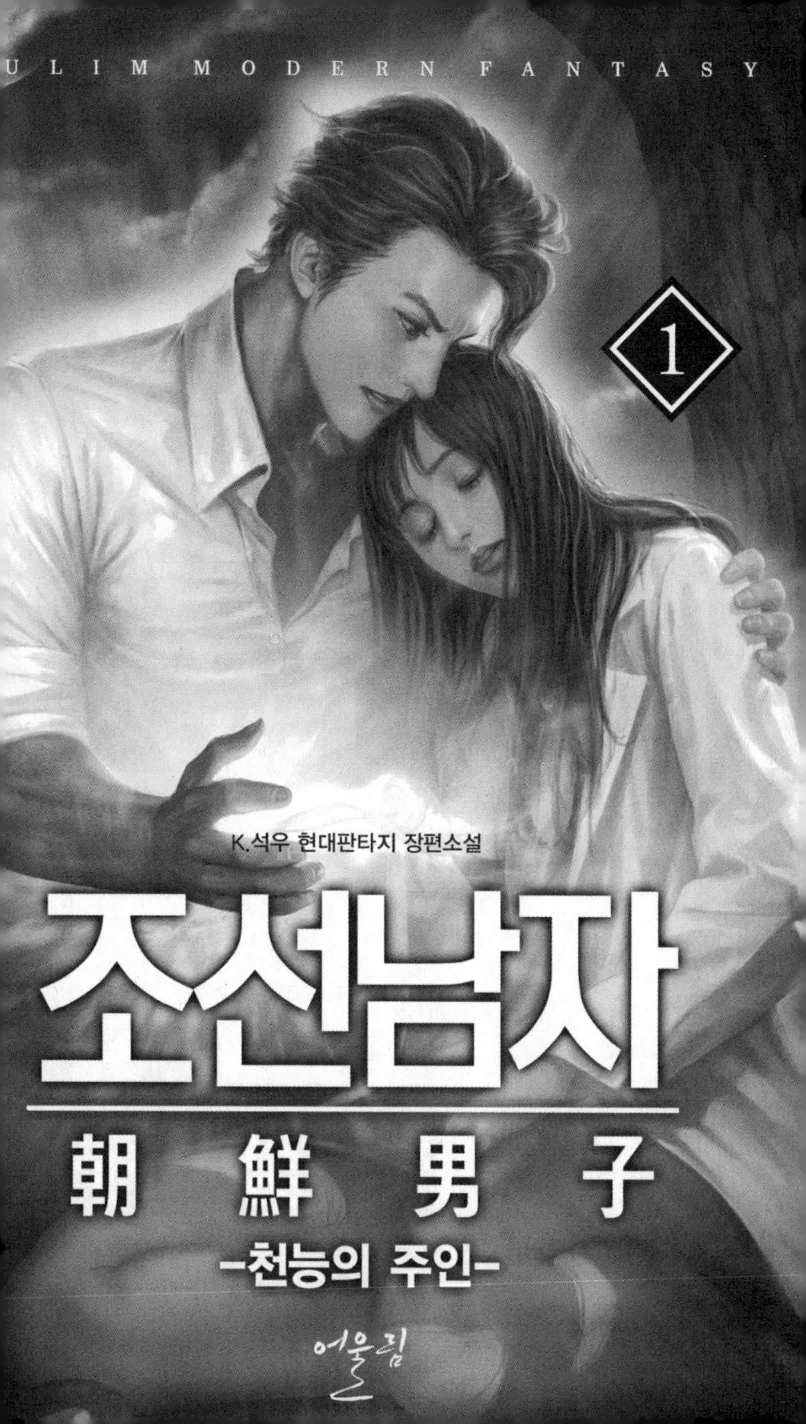
ULIM MODERN FANTASY
1
K.석우 현대판타지 장편소설
조선남자
朝 鮮 男 子
-천능의 주인-
어울림

조선남자

朝鮮男子

-천능의 주인-

목차

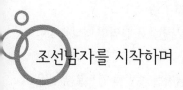

조선남자를 시작하며

　예전 무협소설인 철검록을 마무리 할 때 다음 작품은 '조선남자'라는 제목으로 쓸 것이라고 말씀드린 적이 있었습니다. 하지만 결국 조선남자 대신 '남자전설'이라는 작품을 집필하게 되었고, 결과적으로 차기작을 기다려 주신 독자님들을 속이게 되었습니다.

　조선남자라는 소설을 쓰기 위해서는 제법 준비가 되어 있어야 하지만 그때의 준비가 좀 미흡했던 것 같습니다.

　하지만 남자전설을 집필하면서도 늘 저의 머릿속에는 조선남자라는 화두가 떠나지 않고 있었고, 훗날의 집필을 위해서 조금씩 준비를 하고 있었던 것 같습니다. 그러다 보니 어느새 조선남자라는 소설을 시작하게 되었습니다.

　조선남자는 과거의 기억을 가지고 현재를 살아가는 마음이 따뜻한 한 남자에 대한 이야깁니다. 내용 중에는 의술과 의

학에 대한 내용이 많이 서술될 것 같습니다.

책에서 언급되는 각 사건이나 사연들은 단막의 형식을 빌린 옴니버스 형태로 집필할 생각입니다. 비록 제목은 약간 시대적인 느낌의 제목이지만, 조선남자는 초반의 인트로 부분을 제외하면 철저한 현대소설이라고 할 수가 있을 것입니다. 제목에서 암시하는 대체역사소설을 기대하셨다면 실망을 드릴 것 같네요.

조선남자의 중요한 세계관은 '이타심'이라고 할 수가 있을 것 같습니다. 다른 사람을 위해서 자신이 가지고 있는 것을 아낌없이 베풀어 줄 수 있는 사람이 과연 얼마나 될까? 하는 마음에서 출발합니다.

소설 속의 주인공은 강합니다. 또한 특별한 능력도 있고, 하늘이 주인공에게 내려준 엄청난 권능도 가지고 있습니다. 하지만 그런 능력을 자신을 위해 사용하는 것보다 타인을 위해 사용하는 주인공의 마음으로 인해 과연 세상과 사람들이 어떻게 변하게 만들 수 있을 것인지 상상해 보았습니다. 결론적으로 말씀드리면 조선남자는 무척이나 따뜻한 이야기들로 꾸며지게 될 겁니다.

소설의 집필 중 필연적으로 묘사하게 될 잔혹한 장면들이나 처참한 장면들의 묘사는 어쩔 수 없겠지만, 기본적으로 이타심을 가진 주인공의 인간애가 바탕에 깔려 있는 것으로 집필을 진행할 예정입니다. 전체적으로는 따뜻한 감성을 느끼게 할 수 있을지 모르겠지만 기본적으로는 무거운 주제를

놓고 고민하게 될 것 같습니다.

늦었지만 지금에서야 조선남자라는 이야기를 독자님들에게 들려드리게 되었습니다. 조선남자라는 소설을 집필하는 동안 저 역시 잔혹한 장면을 묘사할 때는 상당히 화가 나기도 했고, 분해서 혼자 짜증을 내기도 했습니다.

하지만 주인공과 주변인들의 가슴이 따뜻한 인간애를 느끼시게 된다면 책의 마지막 장을 덮으실 때 독자님들의 가슴에 잔잔한 재미를 안겨 드릴 수 있을 것이라고 믿습니다.

언젠가 제가 독자님들에게 약속을 드린 말이 있습니다.

사연이야 어떻든 제가 쓰는 모든 책의 끝은 필연적으로 해피엔딩이 될 것이라는 약속이었습니다.

그럼 조선남자의 마지막 해피엔딩을 위해 지금 주인공 김동하의 긴 이야기를 시작하도록 하겠습니다.

감사합니다. 부산 장산자락에서, k.석우.

필독

　본문에 등장하는 의학용어는 가급적 현재 의학용어에 맞게 사용할 예정입니다.

　다만 의료상황이나 응급상황을 묘사함은 현실의 의료상황이나 응급상황과는 다른 작가의 작품구성 상 필요에 의해 창작되었음을 알려드립니다.

　또한 본문에서 언급하는 지역과 인간관계, 범죄행위, 법과 현 시대의 묘사는 현실과 관계없는 허구임을 밝힙니다.

조선남자

朝鮮男子

-천능의 주인-

천명(天命)의 조선남자(朝鮮男子)

　뎅거렁—

　낡은 암자의 처마에 걸린 풍경이 초여름의 산들바람에 맑은 쇳소리를 흘리며 흔들렸다. 미시(오후 1시—3시)가 갓 지난 시간이었기에 뜨거운 초여름의 햇살에 암자 앞은 제법 뜨거운 열기가 가득하게 피어오르고 있었다.

　살짝 열려진 암자 안쪽에는 이곳이 불당이라는 것을 알리는 듯 두 눈을 반개한 채 가부좌를 틀고 앉아 있는 목불의 모습이 보였다. 목불의 앞에는 두개의 촛불이 불을 밝히고 있었고, 바닥의 소반에는 불경을 외우다 놓아둔 것인지 펼쳐진 불경과 함께 목탁이 올려져 있는 모습이었다.

암자의 외양은 무척이나 낡아 있었다.

불당으로 들어가는 입구의 위쪽으로 정심암(淨心庵)이라는 글자가 새겨진 낡은 목판이 암자의 나이가 상당히 오래 된 것임을 알려주는 듯했다.

암자의 옆쪽 돌담장 위로 넘어온 감나무의 가지가 불당 앞마당 한쪽에 그늘을 만들어 놓고 있었기에, 암자에서 키우는 풍산개 노들이라는 놈도 그늘 아래 배를 깔고 혀를 내밀고 헐떡이고 있었다.

졸졸졸―

암자의 입구에 놓인 위쪽이 깨어진 항아리의 위쪽에 받쳐놓은 대나무 수관을 따라 맑은 물이 항아리 속으로 떨어지며 물그림자를 만들어 놓았다.

항아리 위에 띄워놓은 작은 쪽박이 마치 쪽배처럼 항아리 위를 물그림자를 따라 맴돌고 있었다.

맴맴―

한낮의 뜨거운 열기에 지친 것인지 암자뒤쪽의 숲에서 울어대는 매미소리도 힘겹게 느껴지는 시간이었다.

암자의 모습은 참으로 빈약하게 보였다.

불당의 마당 오른쪽으로 허물어 질 것 같은 객방이 마련되어 있었고, 객방의 앞쪽 툇마루는 암자의 오랜 풍상을 증명하듯 시커면 때가 켜켜이 묻어 있는 모습이었다.

암자의 입구 쪽으로 들어서는 나무로 만들어진 삽작문은

금방이라도 부서질 것처럼 낡아 있었고, 문을 닫아 걸 수 있는 쇠고리는 보이지도 않았다. 그야말로 속세와는 아예 단절된 듯한 너무나 단조롭고 한가한 풍경이었다.

달그락—

암자의 객방 뒤쪽에서 파르라니 머리를 깎은 늙은 노승이 모습을 드러냈다. 하얀 눈썹과 낡은 승복은 노승의 나이를 짐작할 수 없게 하였다. 노승이 신고 있는 짚신의 앞쪽이 낡아 짚 끈이 삐죽 튀어나와 마당에 끌리고 있었다. 노승의 손에는 바가지 하나가 들려 있었다.

바가지 속에는 저녁공양을 하기 위해서 밥을 지을 쌀이 담겨져 있었다.

노승이 힐끗 암자의 입구 쪽을 바라보았다.

노승의 눈이 잠시 암자의 입구 쪽 삽작문을 바라보다가 하늘을 올려다보았다.

"쯧쯧. 소나기가 올 것 같구나."

노승이 암자의 마당에 드리워진 감나무 그늘 아래 배를 깔고 있는 개를 쳐다보았다. 노승이 마치 사람에게 하는 말처럼 풍산개를 보며 입을 열었다.

"노들아! 도진이와 동하를 찾아오겠느냐?"

노승의 말에 풍산개가 벌떡 일어섰다.

"컹—!"

노들이라 불린 풍산개가 짧게 짖었다.

탐스런 풍산개의 꼬리가 연신 좌우로 흔들리고 있었다.

뜨거운 열기와 거의 인적이 느껴지지 않았던 암자의 한낮이 무료했던 것인지, 자신에게 말을 걸어주는 노승에게 고맙다 말하는 모습처럼 보였다.

노승의 입가에 살짝 미소가 떠올랐다.

"허허. 내 말을 알아듣는 것을 보니, 노들이 너도 점점 부처가 되어 가는 것 같구나."

"컹컹."

노들이라 불린 풍산개가 다시 짧게 울었다.

"인석! 범에 물려 죽을 뻔한 것을 동하가 살려놓으니 갈수록 총기가 더해지는 구나. 허허허."

노승의 목소리는 무척이나 부드러웠다. 노승이 다시 노들이라 불리는 풍산개를 보며 입을 열었다.

"곧 소나기가 쏟아지게 될 것 같으니 얼른 나서서 도진이와 동하를 데려오너라."

"컹!"

풍산개 노들이가 낮게 울고서 그 자리에서 한번 맴을 돈 후 재빨리 암자의 삽작문을 빠져나갔다. 이내 풍산개 노들이의 모습이 우거진 인왕산의 녹림사이로 사라졌다.

노승의 시선이 잠시 노들이라는 풍산개의 뒤를 쫓다가 이내 객사의 반대방향으로 걸음을 옮겼다.

쌀이 담긴 박을 쥔 손등에 세월의 흔적인 듯 주름살이 잔

뜩 덮여 있었다. 하지만 한가지 이상하게 느껴지는 것은 노승의 주름진 손등과는 달리, 노승의 손마디마다 굳은 옹이가 마치 쇠심을 심은 것처럼 단단하게 박혀 있었다. 노승이 천천히 객방의 옆쪽에 붙어 있는 나무문을 열고 들어갔다.

삐걱―

낡은 나무문이 열리자 부뚜막과 함께 쇠솥이 놓인 안의 풍경이 보이고 있었다.

암자의 부엌이 바로 그곳이었다. 잠시 후 암자의 부엌 쪽 굴뚝에서 하얀 연기가 천천히 피어오르기 시작했다.

＊　＊　＊

"영차!"

털썩―

겨우 사람이 지나다닐 수 있을 것 같은 소롯길의 옆쪽에 세워둔 지게 위로 제법 큼직한 나뭇단이 올려졌다.

칡넝쿨로 단단하게 묶은 나뭇단은 보기에서 제법 무거워 보였다. 힘이 센 장정도 단번에 들어 올리는 것을 부담스러워 할 크기였지만, 의외로 나뭇단을 올려놓는 사람은 그다지 힘이 들어 보이지 않았다.

지게 위에는 꽤 많은 양의 나무가 쌓여져 있었다.

마지막에 올린 나뭇단이 아니라고 해도 상당한 무게가 나갈 것 같았지만, 마지막 나뭇단이 올려지자 지게를 받쳐 놓은 지겟대의 여윈 나무가 부러질 것 같단 생각이 들 정도로 상당한 무게감이 느껴졌다. 마지막으로 나뭇단을 지게 위에 올려놓은 사람이 중얼거렸다.

"이정도면 큰스님께서 한동안 땔감 걱정은 하지 않으셔도 될 것 같구나."

나무꾼이 자신의 키보다 훨씬 높게 지게위에 쌓아 올려진 나무더미를 보며 툭툭 손바닥으로 두들겼다.

행여 잘못 쌓아 내려가는 길에 지게에서 떨어지진 않을 것인지 점검을 하는 모습이었다.

나무꾼이 혼잣말처럼 중얼거렸다.

"여름이라 마른 나무 구하기도 꽤 힘들어지네. 내일은 도깨비 골까지 가봐야 할 것 같다. 이제 다 했으니 잠시 배나 채우고 내려가자. 도진이 너도 배가 고팠지?"

말을 마친 나무꾼이 머리를 돌려 지게 앞쪽에 조용히 앉아서 자신을 바라보고 있는 한 마리의 개를 바라보았다. 복슬한 털이 곱고 영롱한 눈빛을 가진, 참으로 예쁘게 생긴 황구였다. 힐끗 황구를 바라보던 나무꾼이 지게의 아래쪽에 매달려 있는 작은 꾸러미를 풀었다.

꾸러미의 옆에는 호롱박 하나가 입구가 밀봉된 채 같이 매달려 있었다.

호롱박과 함께 꾸러미를 풀자 나뭇잎으로 칭칭 동여맨 주먹크기의 풀 뭉치와 제법 두툼한 책자가 두어 권 함께 들어 있었다. 나무꾼의 모습을 바라보고 있는 황구가 총명한 눈으로 나무꾼의 모습을 바라보고 있었다.

뾰족하게 세워진 두 귀와 총기로 반짝이는 두 눈을 비롯해 꼬리의 끝이 부드럽게 감겨 등으로 올라와 있는 황구의 모습은 참으로 귀엽게만 보였다. 더운 여름철이었기에 복실한 털만 봐도 더울 것 같았지만, 다소곳하게 앉아 있는 황구는 그다지 더워하는 것 같지 않았다.

나무꾼은 지게에서 풀어낸 꾸러미에서 꺼낸 풀 뭉치를 들고 황구를 바라보았다.

"도진이 너도 배가 고프지?"

나무꾼의 입가에 부드러운 미소가 피어올랐다.

"컹!"

황구가 짧게 짖었다. 나무꾼이 주변을 둘러보다가 이내 머리를 흔들며 지게 옆쪽에 그냥 주저앉았다.

상투를 틀지 않은 머리칼은 어지럽게 흩어져 있었고, 뒤쪽으로 대충 묶어 놓은 긴 머리칼은 나무를 하며 묻은 것으로 보이는 숲의 검불이 달라붙어 있었다.

나무꾼이 이내 손에 들린 풀 뭉치를 풀기 시작했다.

풀 뭉치를 풀어내자 그 속에는 어른 주먹만 한 주먹밥이 들어 있었다.

나무꾼이 주먹밥의 절반을 떼어서 황구의 앞에 놓았다.

"배고플 테니 너도 먹어라."

"컹!"

마치 대답을 하듯 짧게 짖은 황구가 나무꾼이 내려놓은 주먹밥에 입을 가져갔다.

이내 황구의 입속으로 주먹밥이 들어갔다. 도진이라 불린 황구가 주먹밥을 먹는 것을 본 나무꾼이 자신도 주먹밥을 먹으려다 멈칫했다. 자신의 얼굴위로 흘러내린 머리칼을 그제야 느낀 것이었다.

나무꾼이 주변을 힐끗 돌아보고는 자신의 얼굴 위로 흘러내린 머리칼을 한쪽으로 밀어냈다. 순간 머리칼에 가려져 있던 나무꾼의 얼굴이 드러났다. 너무나 맑고 섬세한 얼굴이 머리칼 속에 숨어 있었다. 짙은 눈썹과 여인처럼 아름다운 콧날을 비롯해 단정하게 다물어진 입술과 턱 선은 그야말로 보는 사람들의 입에서 저절로 탄성이 터지게 할 만큼 아름답고 단아한 모습이었다.

나이는 아직 어리게 보이는 얼굴이었다.

하지만 나무를 하면서 단련된 것으로 보이는 탄탄한 몸집과 옷 밖으로 드러난 맨살의 근육은 도성 밖 훈련도감에서 각종무예수련으로 다져진 호위군관과 비교해도 떨어지지 않을 정도로 탄력이 느껴졌다.

약관의 나이로 보이는 사내의 모습은 참으로 묘한 매력

이 느껴지고 있었다. 눈썰미가 좋은 사람들이라면 허름한 베옷을 걸친 사내에게 비단으로 만든 옷을 입혀보고 싶을 정도로 사내의 모습은 헌앙했다. 얼굴을 가리고 있던 머리칼을 걷어낸 사내가 이내 주먹밥을 먹기 시작했다. 반찬도 없는 그야말로 살짝 소금으로 염장을 한 것뿐인 주먹밥이다.

주먹밥을 베어 문 사내가 우물거리며 주먹밥을 꺼낸 꾸러미 속에 같이 넣어두었던 두툼한 책을 끄집어냈다.

밥을 먹으면서 잠시 책을 읽은 요량이었다.

지게 옆에 털썩 주저앉아 주먹밥을 먹으면서 책을 펼치는 사내의 모습은 참으로 신비한 느낌이었다.

종아리까지 걷어 올린 잠방이 바짓단 아래로 드러난 사내의 다리 속살은 여인네처럼 곱고 하　다. 사내가 꾸러미 속에서 꺼낸 책의 제목을 힐끗 바라보았다.

[구세천의(救世天醫).]

제목의 글자가 너무나 선명했다. 세상을 구하는 하늘의 의술이라는 제목에서 무척이나 허세를 떠는 느낌이 들 정도로 광오한 느낌까지 들었다.

책의 제목을 살펴본 사내가 다른 책도 집어냈다. 역시 제목을 살피는 것이 먼저였다.

[무극신의진해(無極神醫眞解).]

　역시 구세천의와 같은 허세로 가득한 느낌이 드는 제목
이었다. 하지만 의학을 하는 의원이라면 사내가 가진 두
권의 책이 억만금을 주고도 구할 수 없는, 그야말로 보배
중의 보배인 최고의 의서라는 것을 단번에 알아차릴 것이
다. 더구나 두 권의 책은 책을 만든 것이 얼마 되지 않은 듯
글씨가 선명하고 정성이 가득 찬 느낌이었다.

　또한 제목을 적은 글씨체 역시 마치 명필로 알려진 이름
난 선비가 적은 글처럼 화려하고 유려한 필체였다.

　제목을 읽은 사내가 입맛을 다셨다.

　"쩝! 이젠 다 외워서 쓸모가 없긴 하지만 아버지가 주신
책이라 함부로 내던질 수도 없구나. 다른 책이라도 보내주
시면 좋겠건만… 아버지가 주신 20권이 넘는 의서를 모두
외워버렸으니 아버지도 내가 아둔하다 탓 하시지는 않으
시겠지."

　말을 마친 사내가 이내 책 한 권을 펼쳤다.

　언제나 책을 읽을 때는 잊지 않고 제일 앞쪽의 서문부터
읽는 것이 이제는 습관이 된 사내였다.

　사내의 눈이 책의 서문을 읽기 시작했다.

　[아들 동하에게 아비가 전한다. 의술이란 단순히 의서를

읽고 기예를 습득하여 담는 것이 아니라, 음양의 이치를 깨치고 맥혈이 상통하는 원칙을 터득하는 것이 먼저여야 할 것임을 알아야 한다. 용렬한 수법으로 이목을 기만하는 범부들의 단순한 기예를 따르려 하지 말 것이며, 화려함과 능숙함에 혹해 스스로 자만하지 말 것이다. 사람의 명과 운을 다루는 의서를 공부하다보면 필시 그 기예의 화려함에 매혹당해 교만해 지는 것을 먼저 배우게 된다. 허니 진의(眞醫)를 얻고자 한다면 도리를 현혹하는 사법과 영욕을 따르는 마음을 멀리하고, 옳은 것을 취하며 선한 선기와 통하여야 함을 명심하여 의를 행해야 할 것이다.]

　사내가 가진 의서의 모든 책장의 앞에 적혀 있는 같은 서문이었다. 사내는 다시 주먹밥을 먹으면서 책을 읽기 시작했다. 그때였다. 사내가 떼어 준 주먹밥을 먹던 도진이라 불리는 황구가 머리를 번쩍 들었다.
　도진의 눈이 반짝이고 있었다. 한순간 도진이 먹던 주먹밥을 팽개치고 재빨리 숲으로 뛰어 들었다.
　"컹!"
　짧게 짖는 도진의 울음소리가 고요한 숲을 살짝 울렸다. 책을 읽던 사내도 도진이 숲으로 뛰어들자 놀란 듯이 얼굴을 들어올렸다.
　"왜 그러느냐?"

사내가 한순간에 숲의 안쪽으로 사라지는 도진을 보며
다급하게 소리쳤다.

그때 숲으로 뛰어든 도진의 울음소리가 들렸다.

"꺄앙!"

도진의 울음소리는 무척이나 당황한 듯한 느낌이 들었기
에 사내는 황급히 책을 내려놓고 숲으로 달려갔다.

숲의 안쪽으로 들어선 사내의 얼굴이 한순간 굳어졌다.

쉬쉬쉬쉬쉭—

사내의 눈에 보이는 것은 한쪽에 쓰러진 도진의 모습과
도진의 몸 아래쪽에서 검붉은 혀를 날름거리며 천천히 기
어 나오는 쇠사슬 무늬를 띤 뱀 한 마리가 보였다.

외양이 마치 호피무늬를 걸친 것처럼 위압적이었고, 보
는 순간 맹독을 지닌 독사라는 것을 한눈에 알 수 있을 정
도로 사악하게 생긴 뱀이었다.

사내의 눈이 커졌다.

"칠점사."

쓰러진 도진의 몸 아래쪽에서 천천히 기어 나오는 것은
물리는 순간 일곱 걸음을 걷기도 전에 죽는다고 알려진 맹
독을 지닌 칠점사라는 독사였다. 까치살모사라고도 불리
는 칠점사는 조선에서 가장 지독한 독을 지녔다고 알려진
뱀이었다. 도진은 숲에서 칠점사가 움직이는 소리를 듣고
달려온 것이었다.

사내의 눈이 칠점사가 기어 나온 도진을 향했다.

도진은 혀를 길게 빼고 헐떡거리고 있었다.

"끙끙―"

숨쉬기가 힘든 것인지 도진의 입에서 고통스럽게 앓는 소리가 흘러나오고 있었다.

칠점사에게 물리는 순간 몸이 굳어져서 움직일 수도 없을 것이었고 숨 쉬는 것도 힘들 것이다.

도진을 물었던 칠점사는 사내가 나타나자 머리를 들어 경계를 하듯 잠시 사내를 향해 혀를 날름거리다 사내가 자신을 해칠 의사가 없다는 것을 안 것인지 천천히 다시 숲으로 들어갔다.

"도진아!"

사내는 칠점사에 물린 도진을 향해 다급하게 다가섰다.

도진은 사내를 보며 일어서려고 버둥거리고 있었다.

"이놈! 또 뱀은 왜 건드린 것이냐?"

사내가 도진의 몸을 쓸면서 나무라듯 중얼거렸다. 도진은 사내의 손이 자신을 만지는 것을 느낀 것인지 머리를 들어 올리려 애써다 이내 천천히 눈을 감고 있었다.

참으로 순식간에 일어난 일이었다. 칠점사가 도진을 물었던 곳은 일반적으로 뱀에게 잘 당하는 다리 쪽이 아닌 도진의 목 부근이었다. 아마 도진이 칠점사를 물려고 했으나, 오히려 반대로 칠점사에게 당한 상황처럼 보였다.

사내는 자신의 품에서 길게 몸을 늘어트리는 도진을 보며 이마를 찌푸렸다. 반쯤 뜨고 있는 도진의 눈에는 이미 생기가 사라지고 있었다.

"뱀 근처에는 가지 말라고 그렇게 타일렀거늘… 쯧!"

사내의 얼굴에 자신의 품 안에서 몸을 늘어트리고 있는 도진을 책망하는 시선으로 바라보고 있었다.

도진의 숨은 완전히 끊어져 있었다. 맹독을 지닌 칠점사에게 목을 물린 이상 살아남는 것은 불가능한 일이었다. 하긴, 칠척지구의 장사라고 해도 까치독사라 불리는 칠점사에게 물리는 순간 살고 죽는 것은 천운에 맡겨야 할 정도로 치명적인 독을 가졌다.

그런 맹독에 도진이 버티는 것은 불가능한 일이었다.

하지만 도진의 명이 끊어졌음에도 사내는 그다지 당황하지 않았다. 마치 익숙한 일이라는 듯이 도진을 안고 숲을 걸어 나왔다. 나뭇단이 올려진 지게의 옆에 도진을 내려놓은 사내가 나직하게 중얼거렸다.

"이번에 널 살려 놓으면 모두 몇 번을 살리는 것인지 알고 있느냐? 벌써 6번째다 이놈아! 쯧쯧."

가볍게 혀를 찬 사내가 자신이 내려놓았던 책을 다시 꾸러미에 밀어 넣었다.

먹고 있던 주먹밥 덩이가 조금 남았지만, 남은 것은 산새들의 먹이가 될 것이었기에 그냥 두었다.

지게의 아래쪽에 다시 꾸러미를 묶은 사내가 호롱박에 담긴 물을 한 모금 마시고 도진에게 시선을 주었다.

물을 마신 사내가 다시 호롱박을 지게에 매달고 숨이 끊어진 도진을 안아 들었다. 잠시 도진을 바라보던 사내가 도진의 얼굴에 자신의 얼굴을 가깝게 댔다. 두 손으로 도진의 얼굴을 감싼 사내가 눈을 지그시 감았다.

순간 기이한 일이 벌어졌다. 사내의 두 손에서 너무나 신비로운 빛이 마치 꽃처럼 피어나기 시작했다.

푸르고 붉은 빛이 오롯이 사내의 두 손 안에서 봉우리를 듯이 천천히 피어나기 시작한 것이었다. 눈을 감고 있는 사내의 입에서 흘러나온 기운이 사내의 두 손에 모여서 하나의 빛으로 만들어진 꽃처럼 개화하고 있었다.

그 모습은 너무도 신비로웠다.

후우우우우웅—

마치 작은 휘파람을 부는 것 같은 신비로운 소리가 울린 것도 사내의 두 손 가득 빛의 꽃이 만개했을 때부터였다. 두 손에 빛으로 만들어진 푸르고 붉은 색이 섞인 꽃 모양의 형체를 숨이 끊어진 도진의 입 쪽으로 살며시 가져갔다. 순간 사내의 두 손에 피어 있던 빛의 꽃이 천천히 도진의 입으로 스미듯 흘러들었다.

사내가 만들어낸 빛의 꽃은 그다지 빠르지 않게 도진의 입으로 완전히 사라졌다. 꽃 형태의 빛이 사라지자 사내가 눈을 떴다. 사내의 눈이 숨이 끊어진 도진을 바라보며 빙긋 웃었다.

탁—

사내가 숨이 끊어진 도진의 엉덩이를 가볍게 두드렸다.

사내의 입이 열렸다.

"다음에는 몇 시진 그대로 두어 천당구경을 제대로 하게 만들어 줄 것이니 조심하거라. 얼른 일어나지 뭐 하고 있느냐?"

사내의 말이 떨어지는 순간, 멈췄던 숨통이 트인 것인지 도진이 탁한 기침을 하며 벌떡 일어섰다.

"커컹!"

후다닥—

도진은 재빨리 일어서 빠르게 자신의 주변을 한 바퀴 돌았다. 도진의 기억은 자신이 칠점사에게 물리는 순간부터 끊어져 있었기에 지금도 자신이 칠점사와 대척하고 있다는 착각을 한 것이었다. 하지만 주변에 칠점사가 없다는 것을 확인하고 이내 사내에게 달려들었다.

"컹컹!"

도진이 사내의 다리 쪽을 감고 빙글빙글 돌았다.

사내가 도진의 머리를 가볍게 쓸어주었다.

"다음에는 뱀 근처에는 가지도 말거라. 알겠느냐? 매번 죽은 너를 살리느라 나도 힘들단 말이다, 이 녀석아!"

"컹컹."

사내의 말을 알아들은 것인지 도진이 꼬리를 흔들며 짖었다. 만약 누군가 지금의 장면을 보았다면 꿈을 꾼 것이라고 착각을 할 수도 있을 광경이었다.

원래 인간을 비롯해 생명을 가진 모든 것들의 운명은 하늘이 정한다고 하여 운명은 재천이라는 말을 사용했다.

즉, 명과 운은 인간의 손으로 좌우할 수 없으며, 그 뜻은 하늘에 있다고 하였지만, 지금 도진의 목숨을 살린 사내의 능력은 신의 권능을 대신한 것 같은 너무도 경이로운 능력이었다. 도진은 자신이 죽었다가 다시 살아난 것을 아는 것인지 연신 사내의 주변을 맴돌며 꼬리를 흔들었다.

그때였다.

"컹컹!"

숲 아래쪽에서 도진이 짖는 소리와 비슷한 개의 울음소리가 들리더니 이내 한 마리의 개가 빠르게 사내와 도진이 있는 방향으로 달려왔다. 도진은 다른 개가 나타나자 황급히 달려오는 개를 마주보며 달려갔다.

"컹컹."

"컹!"

두 마리의 개는 모두 생김새가 비슷했다. 나타난 개는 정심암의 노승이 노들이라고 불렀던 풍산개였다.

노들과 도진은 모두 풍산개였다.

노들이 수놈이며 도진은 노들의 짝인 암컷이다.

두 마리의 개는 마치 오랜 시간 헤어져 있다가 해우를 한 듯 서로를 향해 얼굴을 비비며 꼬리를 흔든다. 사내가 지게를 지고 일어서자 이내 사내에게 다가왔다. 사내가 뒤늦게 나타난 풍산개 노들을 보며 빙긋 웃었다.

"스승님이 또 날 찾아오라고 너를 보낸 것이냐?"

노들이 사내의 얼굴을 보며 짖었다.

"컹!"

사내가 머리를 끄덕였다.

"그래. 어차피 나무도 다 했으니 그만 내려갈 참이었다. 둘이서 앞장서거라."

"컹!"

"컹컹!"

두 마리의 풍산개 노들과 도진이 이내 사내의 앞에서 몸을 돌려 산을 내려가기 시작했다.

두 마리의 풍산개를 앞세운 사내의 등에는 그야말로 작은 산이라고 불릴 정도로 엄청난 높이의 나무가 재워져 있었다. 하지만 사내는 힘든 것을 모르는 것인지 성큼성큼 걸어서 두 마리의 풍산개가 앞장을 서는 하산 길을 걷기 시작했다. 미시(오후 1시—3시)가 끝나고 신시(오후 3시—5시)가 시작되는 시간이었다.

인적이 드문 인왕산의 산턱을 타고 나뭇단이 가득 올려

진 지게를 지고 걸음을 옮기는 사내의 두 눈에 멀리 나뭇잎 사이로 한양도성의 모습이 보이고 있었다.

사내의 눈에 살짝 아픈 흔적이 스쳐갔다.

서둘러 걸으면 두 시진도 걸리지 않아 돈의문 밖에 있는 집에 갈 수 있는 지척인 거리였지만, 어린 나이에 집을 떠나 인왕산의 낡은 암자에서 생활하는 것도 햇수로 6년째에 이르고 있었다.

갈 수 있지만 가지 않는 것과, 가고 싶어도 갈 수 없는 것과는 그 느낌이 다르다는 것을 고작 약관의 나이에 너무나 진하게 깨달아 가고 있는 사내의 이름은 김동하.

올해 나이 18세의 소년이었다.

*　*　*

쏴아아아아아아아―

마치 하얀 장막을 친 듯 비가 내리고 있었다.

정심암의 암자 객방의 툇마루에 앉아서 처마를 타고 떨어지는 빗방울을 바라보고 있는 사내의 발아래에는 두 마리의 풍산개 노들과 도진이 엎드린 채 마당에 쏟아지는 빗줄기를 한가로운 시선으로 바라보고 있었다.

정심암의 노승이 예측한 비는 김동하가 나뭇단을 가득채운 지게를 지고 암자에 도착한 직후 쏟아져 내리기 시작했다. 서둘러 부엌 쪽에 나뭇단을 정리하고 자신이 거처하는 객방에서 다른 책을 가지고 나온 김동하는 책을 읽다가 마당으로 떨어지는 빗방울을 바라보며 괜한 상념에 잠겨들고 있었다. 이렇게 비가 내리는 날이면 여지없이 집이 생각나는 김동하였다.

쿠르르르르르르.

번쩍.

콰쾅—

초여름의 한낮에 내리는 소낙비는 뇌우를 동반하고 있었다. 김동하의 발아래 엎드리고 있던 노들과 도진이 천둥소리에 깜짝 놀라 툇마루 안쪽으로 몸을 움츠렸다.

그때 암자의 불당 문이 열리고 노승이 불당입구의 섬돌 위로 내려서고 있었다. 노승의 짚신 앞코가 풀려 있던 것을 김동하가 재빨리 손질해 놓아서 짚신은 다시 멀쩡한 모습으로 변해 있었다. 불당을 나와 섬돌 위로 내려선 노승의 눈이 하얀 장막을 친 듯 쏟아져 내리는 빗방울을 바라보다 객방 툇마루에 앉아 있는 김동하에게로 돌렸다.

노승의 눈빛이 살짝 흔들렸다.

"천명을 타고 난 죄로 영원히 떠돌아야 할 운명이라니…… 가여워서 어찌할꼬?"

혼잣말처럼 중얼거리는 노승의 목소리에는 김동하에 대한 애틋함이 가득했다. 노승이 불당을 나서는 것을 본 김

동하가 들고 있던 책을 내려놓고 급하게 일어섰다.

"공양 준비를 할까요? 스승님!"

부엌에는 이미 노승이 쌀을 씻어 담가 놓았기에 그냥 솥에 넣고 불을 지피면 공양 준비는 끝났다.

반찬이라야 암자에서 고기반찬을 먹을 일은 없으니 염장한 무와 나물 몇 가지면 되는 일이었다.

김동하의 맑은 눈이 노승을 바라보았다.

노승이 빙그레 웃으며 머리를 흔들었다.

"부처를 섬기는 중이 먹는 공양식을 중도 아닌 네가 할 필요는 없다고 하지 않았느냐?"

김동하가 대답했다.

"그래도 늘 불은 제가 지피지 않았습니까? 그리고 부처를 섬기시는 스승님이 해주시는 밥을 중도 아닌 제가 먹지 않습니까?"

"허허. 그놈 참."

공양 준비를 할 시간이면 늘 같은 말이 되풀이 되는 광경이었다. 그때였다.

벌컥—

비가 쏟아져 내리는 암자의 삽작문을 다급하게 열고 짚으로 만든 우롱을 걸치고, 역시 짚으로 만든 삭모를 쓴 건장한 체구의 남자가 암자로 들어섰다.

비를 맞으며 암자로 들어선 사내의 바짓단은 온통 흙투

성이였고, 신고 있는 짚신은 물에 젖어 질퍽거리고 있었다. 하지만 그런 것은 개의치 않는 듯, 다급하게 안으로 들어선 사내가 불당 앞 섬돌 위에 서 있는 노승을 보며 급하게 허리를 숙였다.

"사형!"

우롱에 삭모차림의 건장한 사내가 합장을 하며 노승에게 다가섰다. 노승의 얼굴이 굳어졌다.

"해인사제가 이 시간에 무슨 일인가?"

암자의 객방 툇마루에 앉아 있던 김동하도 암자로 들어선 사내를 보며 황급히 머리를 숙였다.

"해인사숙 오셨습니까?"

해인사숙이라 불린 사내가 머리를 돌려 김동하를 바라보았다. 삭모 아래 드러난 우롱차림의 사내의 눈빛이 흔들리고 있었다.

"그동안 잘 있었느냐?"

김동하가 공손하게 대답했다.

"예! 해인사숙께서도 평안하셨는지요?"

김동하의 인사를 받은 해인사숙이라는 사내가 물었다.

"내가 알려준 것은 다 익혔느냐?"

김동하가 머리를 끄덕였다.

"예! 모두 익혔습니다."

"다행이구나."

김동하가 자신이 가르쳐 준 것을 모두 익혔다는 말에 해인사숙이라는 사내가 만족한 표정을 지었다.

　이내 불당의 앞으로 다가선 해인이라는 사내가 불당 안쪽을 향해 합장을 하고 나직하게 경문을 외웠다.

　"나무아미타불 관세음보살."

　맑고 청량한 불호였다. 부처를 배알하는 모습을 지켜보던 노승이 해인이라 불린 사내를 보며 물었다.

　"자네가 어쩐 일인가? 낮에는 함부로 암자에 오르지 말라고 하지 않았는가? 행여 해진이 이곳을 알게 되면 어쩔 셈인가?"

　노승의 말에 해인이라는 사내가 자신이 쓰고 있던 우롱을 벗고 삭모까지 벗었다. 이내 말끔하게 깎여 파르스름한 머리칼에 제법 깔끔한 승복을 걸친 모습이 드러났다. 50대 중반의 나이로 보이는 해인스님이었다.

　해인스님이 인왕산에 있는 암자를 방문하는 것은 늘 해가 진 한밤중이었다. 이는 좀 전에 노승이 말한 해진이라는 사람 때문이었다.

　해인스님이 입을 열었다.

　"그 때문에 이리 다급하게 산을 오른 것입니다."

　"뭐?"

　노승의 얼굴이 굳어졌다. 해인스님이 객방의 툇마루 앞에 서 있는 김동하를 힐끗 보았다.

잠시 김동하를 바라보던 해인스님이 노승을 보며 거의 속삭이는 듯한 목소리로 입을 열었다.

"사형! 오늘 오전에 어의 영감이 하옥되었습니다."

순간 노승의 얼굴이 굳어졌다.

"어, 어의께서 하옥되셨다고?"

노승의 눈이 해인스님의 얼굴을 보다가 빠르게 김동하에게로 시선을 돌렸다. 김동하는 아무것도 모르는 얼굴로 노승과 해인스님을 보고 있었다.

노승이 잠시 멈칫하다가 김동하를 보며 입을 열었다.

"동하야. 나는 해인사숙과 긴히 나눌 이야기가 있으니 오늘 공양 준비는 네가 해야겠구나."

김동하가 머리를 숙였다.

"예! 스승님."

김동하가 몸을 돌려 부엌으로 들어가는 것을 보며 노승이 해인스님에게 입을 열었다.

"불당으로 드세."

"예! 사형."

두 사람이 굳은 얼굴로 불당 안으로 들어섰다.

불당으로 들어서는 노승의 얼굴에는 짙은 그림자가 드리워져 있었다. 이윽고 불당에 두 사람이 마주 앉았다.

노승이 물었다.

"자세하게 말해보게."

해인스님이 힐끗 불당의 입구 쪽을 살펴본 후 머리를 돌려 노승을 바라보았다.

"올해 갑자년 봄에 선왕의 후궁 엄 씨와 정 씨를 참한 이후 사형도 아시다시피 성도에 피바람이 불었지요. 이극균, 윤필상, 이세좌에게 사약이 내려지고 왕이 그토록 총애하던 유자광과 임사홍도 유배를 다녀왔지 않습니까?"

노승의 눈이 침중하게 가라앉았다.

해인스님이 말하는 것은 조선의 7대 임금인 연산이 선왕 선종의 대를 이어 왕위에 오른 후, 모후인 폐비 윤 씨에게 사약을 가져다 준 자를 찾아내 모조리 극형으로 다스린 갑자사화의 시작을 설명하고 있었다.

자신의 모후가 사약을 마시고 억울하게 죽었다는 것을 알고, 당시 폐비 윤 씨의 일에 관여된 사람들은 직위의 고하를 막론하고 모조리 떼죽음 당한 일은 지금도 진행 중이었다. 앞으로도 더 잔인한 피바람이 몰아칠 것은 예고된 일이었다.

노승의 눈이 해인스님을 바라보았다.

"어의께서는 그 화를 피할 수 있다고 하지 않았나? 당시 어의께서는 폐비 윤 씨와 관련된 것은 없을 것인데."

해인스님이 머리를 흔들었다.

"당시 사약을 제조했던 것은 내의원 제조 정호식이라는 의원이었지요. 예판 이세좌 대감은 그때 직접 사령을 대동하고 사약을 가져간 것으로 참형을 당했습니다."

"그런데?"

"그런데 그 정호식이 사약을 제조한 약방문을 어의께서 작성하셨다는 고변이 있었습니다."

"뭐라?"

노승의 얼굴이 하얗게 굳어졌다.

해인스님이 침중한 얼굴로 입을 열었다.

"경기관찰사 홍귀달이 자신의 손녀 일로 왕에게 상소를 올린 것으로 하옥되었는데, 임사홍이 홍귀달에게 참형을 면하는 조건으로 어의와 폐비 윤 씨가 연관이 있다는 것을 거론하라 한 것입니다."

노승의 눈이 커졌다.

"홍귀달이 어의를 거론했단 말인가?"

해인스님이 침중한 얼굴로 입을 열었다.

"홍귀달에게 어의께서 폐비 윤 씨의 사약과 연관이 있다는 것을 임사홍을 통해 거래를 하라고 사주한 자가 누군지 아십니까?"

해인스님의 말에 노승이 어금니를 물었다.

"해진이었나?"

"이미 짐작하고 계셨군요. 맞습니다. 해진사형입니다."

"결국 동하에 대해서 미련을 버리지 못한 모양이군."

해인스님이 화가 치민 얼굴로 입을 열었다.

"폐비 윤 씨와 엮어서 어의를 하옥하고, 동하의 거처를 알아내려는 것입니다. 하지만 어의께서는 스스로 죽는다고 해도 절대로 동하가 이곳에 있다는 것을 말하지 않을 겁니다. 오죽하면 동하의 모친도 이곳을 모르고 있지 않습니까?"

노승이 침중한 얼굴로 입을 열었다.

"어의께서는 그런 선택을 하실 분이시지."

해인스님이 화가 난 얼굴로 입을 열었다.

"동하에게 어찌 알려야 할지 고민입니다."

노승이 대답했다.

"동하가 알기는 알아야 할 테지만 지금은 아닐세."

해인스님이 한숨을 불어냈다.

"동하가 천명을 가지고 있다는 것을 사형에게 들키지 않았다면, 동하를 이용해서 해진사형이 어떤 짓을 했을지도 모릅니다. 어의께서도 그것을 알기에 부자간의 그 애틋한 천륜지정을 끊게 된 것이고요. 사형께서 동하를 이곳으로 숨기지 않았다면, 아마 동하는 그 천명의 능력 때문에 스스로 무너졌을 것입니다."

노승의 입에서 한숨이 흘렀다.

"당시 해진이 그 모습을 보지 않았다면 아무 일도 없었을 것을……."

해인스님이 안타까운 얼굴로 입을 열었다.

"당시 12살 어린 나이의 동하에게는 자신이 가진 힘이 어떤 것인지 몰랐을 것입니다. 눈앞에서 어린 여동생이 죽었는데 살려야 한다는 생각뿐이었겠지요. 그걸 해진사형이 보게 된 것도 어쩌면 동하의 업인 것 같습니다."

노승이 머리를 끄덕였다.

"순수한 아이네. 하지만 그 천명으로 인해서 가장 소중한 것들과 헤어져야 하다니… 참으로 가혹한 업보일세."

나직하게 중얼거리는 노승의 눈매가 촉촉해졌다.

해인스님이 입을 열었다.

"어의께서 폐비 윤 씨의 사약과 연관이 되었다는 것으로 하옥된 이상 어의께서 살아날 확률은 없습니다. 더구나 잔혹한 왕의 조치로 보아 어의영감이 참수를 당하게 될 것이 뻔하니, 동하가 천명의 힘을 가지고 있다고 해도 살릴 수는 없습니다. 동하도 목이 잘린 것 같은 큰 상처는 자기도 어쩔 수 없다 하지 않았습니까?"

노승이 눈을 감았다.

"어의를 폐비 윤 씨와 연관시켜 누명을 씌울 정도라면 해진이 이곳을 알아내는 것도 그다지 어렵진 않을 것이네. 어쩌면 어의의 남은 식솔들을 가지고 어의를 겁박할 수도 있을 거야."

해인스님이 이를 악물었다.

"같은 스승님 문하에서 불도를 깨친 해진사형이 아닙니

까? 그런데 어찌 성정이 그리 사악할 수가 있는 것인지 참으로 이해가 되지 않습니다."

"해진은 불도보다 사술에 더 심취한 사람이네."

"사술이라고요?"

"그래. 그래서 더 동하가 걱정되네. 저 순수한 아이가 해진과 같은 사람에게 묶인다면 천기는 흐트러지게 되겠지. 어쩌면 천명의 권능도 다시 하늘이 가져갈 수도 있을 것이고 말일세."

말을 하던 노승의 얼굴에 살짝 노기가 치솟아 올랐다.

해인스님이 노승의 얼굴을 보며 입을 열었다.

"사형도 동하의 미래가 이렇게 될 것이라는 것을 미리 예견하지 않았습니까?"

노승이 머리를 흔들었다.

"동하의 운명이 천명을 타고 난 까닭에 곡절이 있을 것이라는 것은 알았지만, 이렇게 혈육과 사별을 하게 될 것임은 알지 못했네."

해인스님이 물었다.

"어쩌실 생각이십니까? 저의 생각으로는 사형께서 동하를 데리고 더 먼 곳으로 떠나시는 것이 옳을 듯합니다. 어쩌면 어의도 그것을 바랄 것입니다."

노승이 눈을 감았다. 노승의 두 눈 위에 자란 하얀 눈썹이 눈처럼 하얗게 빛나고 있었다.

한동안 노승은 미동도 하지 않았다.

다만 좌정을 하고 앉은 노승의 모습에서 불도로 다져진 정심한 기운이 저절로 느껴질 만큼 정순해 보였다.

한동안 눈을 감고 있던 노승의 눈이 번쩍 뜨였다.

노승은 자신을 바라보고 있는 해인스님을 조용한 눈빛으로 바라보았다.

"스승님이 마지막으로 남겨주신 천공불진(天空佛診)을 열어야 할 것 같구나."

"천공불진이요?"

해원스님의 얼굴에 놀란 빛이 역력했다. 천공불진은 말 그대로 하늘의 공간을 열어 부처의 세계를 본다는 말이었다. 해원스님이 굳은 얼굴로 물었다.

"스승님의 말씀으로는 천공불진은 천년의 공덕을 쌓아야 그릴 수 있다는 진이라고 했습니다. 함부로 열어서도 안 되고, 사념을 가진 자에게 열어서는 더더욱 안 된다고 하지 않았습니까? 또한 천공불진으로 들어서면 그 이후는 오직 불진에 든 자의 선택이 운명을 좌우한다고 하였습니다. 그것을 동하에게 열어준다는 말씀이십니까?"

노승이 머리를 끄덕였다.

"해인. 자네나 나는 이미 부처님께 귀의하지 않았나? 우리에게 공덕이란 불법과 불경이 전부이지. 허허. 그런데 동하는 다르지 않겠는가? 천명을 품에 지닌 귀인이란 말

44

일세. 우리가 천년의 공덕을 쌓는다고 한다면, 동하는 억겁의 공덕을 쌓고도 남을 아이라네. 천공불진의 뒤에 무엇이 있을지 모르지만 그것 또한 동하가 가진 천명에 속해 있는 것일세."

해인스님이 눈을 감았다가 떴다.

"뭐, 동하에게 천공불진을 열어주시겠다면 저도 반대하지 않을 것입니다. 하지만 천공불진은 세 사람의 힘을 모아도 오직 한 사람만 지날 수 있다고 하였습니다. 해진사형이 과연 천공불진을 여는 것에 찬성을 하겠습니까? 오히려 동하에게 위험한 일이 닥치지 않을 것인지 걱정됩니다."

노승이 부드러운 표정으로 해인스님을 바라보았다.

"천공불진을 여는 것은 굳이 세 사람이 아니어도 상관없네. 해진의 자리는 부처님이 차지할 것이니 말일세."

"예?"

노승의 말에 해인스님이 눈을 동그랗게 떴다.

노승이 입을 열었다.

"6년 전, 내가 동하를 만났을 때 천간을 살펴보니 양의 기운과 음의 기운이 가장 성할 때는 앞으로 2년을 더 기다려야 하네. 뭐, 사실 그때 자네와 해진을 설득해서 천공불진을 열어줄 생각이었지만, 지금은 2년이라는 세월을 기다릴 만한 여유가 없는 것 같군. 동하의 현생에서의 인연도 여기서 끝이 났어."

노승의 말이 끝나자 해인스님이 눈을 치켜떴다.

"사, 사형! 지금 동하의 부모인 어의 영감과 동하의 모친, 그리고 동생의 천간을 짚으셨습니까?"

해인스님의 표정은 하얗게 질려 있었다.

노승이 쓸쓸하게 웃었다.

"망(亡)과 흉(凶)이 모두 떴네."

노승은 눈을 감고 있는 동안 김동하의 부친인 어의와 모친을 비롯해 여동생의 운명까지 살펴본 것이었다. 그리고 안타깝게 그들의 운명은 여기서 끝나는 것으로 읽혀졌다. 천명을 가지고 태어난 죄의 값으로 혈육과의 인연을 잃게 되는 것이 김동하의 운명이었다.

해인스님이 이를 악물었다.

"동하가 이 사실을 감수할 수 있을까요?"

노승이 대답했다.

"천명을 가진 아이라네. 자신에게 천명을 준 하늘이 부모님과 형제간의 혈연을 가져가길 원한다면 주어야 할 테지."

"동하가 불쌍합니다."

"나무아미타불 관세음보살."

노승이 나직하게 불호를 외쳤다.

노승이 해인스님을 보며 입을 열었다.

"밤이 오면 동하를 데리고 산을 내려갔다가 날이 밝기 전에 다시 암자로 돌아오게. 그동안 난 천공불진을 열 준비를 하고 있을 것이니. 천공불진은 내일 새벽 인시가 끝나면 열 것이라네."

해인스님이 머리를 끄덕였다.

"알겠습니다."

"동하에게 다 알려주진 말게. 다만 먼 곳으로 떠나야 한다는 것만 알려주면 될 것이네. 아무리 천명을 가지고 있다고 해도 마지막 부모형제와의 작별인사는 하게 해 주는 것이 도리인 것 같네."

"예!"

해인스님이 침중한 얼굴로 대답했다. 말을 마친 두 사람이 법당의 열려진 문 쪽을 바라보았다.

쏴아아아아아아—

굵어진 빗줄기가 더욱 거세게 암자의 앞마당에 내리고 있었고, 인왕산의 험한 산세는 세차게 내리는 빗줄기에 덮인 듯 가려져 있는 모습이었다.

해인스님이 중얼거렸다.

"하늘도 동하가 떠나는 것을 알고 이렇게 슬피 우는 것 같습니다."

해인스님의 말에 노승은 아무 말도 하지 않았다.

그때였다. 법당 밖에서 나직한 목소리가 들렸다.

"스승님 공양 준비가 끝났습니다."

노승대신 저녁 공양 준비를 한 김동하의 낭랑한 목소리가 빗소리를 뚫고 선명하게 들려오고 있었다.

해인스님이 손등으로 얼굴을 한번 닦고 입을 열었다.

"이놈! 또 밥을 설익힌 것이 아니냐?"

예전에 김동하가 저녁 공양을 하겠다고 하여 맡겼더니 밥이 설익어 생쌀 같은 밥을 먹었던 기억을 가지고 있는 해인스님이었다.

김동하의 목소리가 들렸다.

"좀 탄 것 같지만 설익지는 않았습니다. 해인사숙!"

김동하의 말에 해인스님이 이를 드러내고 웃었다.

"이런 망할 놈이, 감히 하늘같은 사숙을 상대로 장난을 치려 드는 것이냐?"

김동하의 목소리가 다시 들렸다.

"사숙이 좋아하시는 조포(두부)로 국을 만들었습니다."

"그래?"

해인스님의 눈이 번쩍 떠지고 있었다.

해인스님이 가장 좋아하는 음식이 바로 조포였다.

노승이 일어났다.

"공양하러 가세. 어쩌면 동하가 우리에게 마지막으로 해주는 공양일지 모르니 맛있게 먹어 주어야 하지 않겠나?"

나직한 노승의 말이었다. 해인스님이 머리를 끄덕였다.

"예! 사형."

이내 두 사람이 법당을 벗어났다.

법당밖에는 두 손을 가지런히 모은 채 총명한 시선으로 노승과 해인스님이 나오는 것을 기다리고 있는 김동하의 모습이 보이고 있었다. 산에서 나무를 할 때의 모습과는 달리, 지금은 머리칼도 정갈하게 다듬었고 옷도 갈아입어서 비록 낡은 옷이긴 하지만 깔끔한 모습이었다.

세 사람이 식사를 하게 될 공양식은 법당 옆 객방의 툇마루에 정갈하게 차려져 있었다.

툇마루에 둘러앉은 세 사람은 세차게 내리는 빗소리를 벗 삼아 마지막일지도 모르는 식사를 하기 시작했다.

쿠르르르르르.

번쩍— 콰쾅—

번개와 함께 뇌성이 울리면서 한순간에 사방이 환하게 밝아졌다가 다시 잿빛의 하늘처럼 침침한 어둠이 살짝 밀려들고 있었다.

조선남자

朝鮮男子

-천능의 주인-

집으로 가는 길

"떠날 준비는 되었느냐?"

옷을 갈아입고 있는 객방의 문 밖에서 들려오는 해인스님의 말에 김동하는 오랜만에 갖추어 입는 옷을 다시 한번 살펴보며 머리를 끄덕였다.

"예! 해인사숙."

"험!"

덜컥—

문이 열리면서 객방의 방안으로 해인스님이 얼굴을 들이밀었다. 어둑한 객방의 촛불아래 드러난 김동하의 모습은 낮에 산에서 나무를 할 때와는 전혀 다른 모습이었다. 산뜻한 명주옷을 걸치고 머리에는 흰색의 두건을 둘렀다. 그 모습이 너무나 출중하고 헌앙한 느낌에 해인스님은 눈을 껌벅거리며 김동하를 바라봤다.

천명을 지닌 탓에 속세에 나가지 못하고 이곳에 숨어서 살아야 하는 운명이었지만, 보면 볼수록 김동하의 모습은 참으로 잘생겼다는 느낌이 들었다.

만약 이 모습으로 한양의 저잣거리에 나선다면 한양 사대부나 권세가의 처자들이 뉘 집 도령인지 알기 위해 오랫동안 가슴앓이를 할 것이라는 생각이 들었다.

아버지인 김정선 어의 영감을 닮아서 6척의 헌칠한 키(180cm)와 인왕산의 암자에 숨어서 수련으로 다져진 건장한 체격은 또래의 젊은 도령들 중에서도 청출어람으로 꼽을 정도로 출중하였다. 김동하가 방으로 얼굴을 들이민 해인스님을 보며 입을 열었다.

"준비는 다 되었습니다."

해인스님이 머리를 끄덕였다.

"밤길에 나서 새벽까지는 돌아와야 하느니 서둘러야 한다."

"예! 해인사숙."

김동하의 말에 해인스님이 이마를 찌푸렸다.

"해인사숙이라 하지 말라고 하지 않았느냐? 그냥 삼촌이라 불러야 한다고 그리 일렀거늘."

김동하가 살짝 웃었다.

"암자를 나서면 그리 하도록 하겠습니다."

"멋없는 놈!"

해인스님이 힐끗 김동하를 바라본 후에 이내 방에서 몸을 뺐다. 김동하가 다시 자신의 옷을 내려다 본 후, 객방을 나서기 위해서 걸음을 옮겼다.

참으로 오랜만에 집으로 돌아가는 길이다.

4년 전, 인왕산 초입으로 자신에게 전할 책을 가져다주시던 아버지를 따라 오셨다가 산에서 내려오는 자신을 보며 저고리 깃으로 눈물을 닦던 어머니와 여동생의 얼굴이 떠올랐다.

보고 싶은 얼굴이고, 밤이면 그리웠던 얼굴이었다.

그런 김동하였기에 갑작스레 집을 다녀오라는 스승님과 집까지 동행을 자처하고 나서는 해인사숙이 고맙기만 하였다. 집으로 돌아간다는 설레는 가슴을 안고 김동하가 객방을 나섰다. 객방의 밖 암자의 마당에는 어둠 속에서 스승님과 해인스님이 자신을 기다리고 있었다. 노승은 객방에서 나서는 김동하를 보며 입술을 꾹 깨물었다.

천명을 가지고 있다는 것이 드러나지 않았다면 그야말로 헌헌대장부로 도성에서 김동하의 이름을 모를 사람이 없을 정도로 잘생긴 제자였다. 그토록 세차게 내리던 비는 지금은 모래알처럼 잘게 부서진 부슬비로 내리고 있었다.

어두운 밤이었고 비까지 부슬부슬 내리고 있었기에 지금의 인왕산은 그야말로 사방이 캄캄했다. 노승은 제자 김동하가 객방에서 내려서는 것을 보며 나직하게 입을 열었다.

"네가 부모님을 뵌 지도 오래되었고, 마침 빗길에도 해인사숙이 오셨으니 이참에 부모님의 얼굴이라도 보고 오라고 한 것이다. 서둘러 다녀오되, 부모님 외에는 그 누구에게도 얼굴을 보여서는 안 될 것이다. 그 이유는 너도 잘 알고 있겠지? 아직 빗길이라 안심이지만 행여 누구와 마주친다면 곧장 다시 산으로 돌아오도록 해야 한다."

노승의 말에 김동하가 머리를 숙였다.

"어찌 그것을 잊겠습니까? 이렇게라도 부모님의 근황을 보고 오게 허락해 주신 스승님의 은혜에 감사드립니다."

노승이 흔들리는 시선으로 김동하를 바라보았다.

"해진사제가 아직 너를 찾고 있을 것이다. 나에겐 사제이긴 하지만 그 심덕이 불심과는 어울리지 않은 사람이니 행여 그에게 너의 행적을 들켜서는 곤란해질 것이니라. 너만 곤란해지는 것이 아니라 네 부모와 형제가 힘든 고역을 겪는다는 말이다."

김동하가 머리를 숙였다.

"알고 있습니다. 해진사숙과는 절대로 대면하지 않도록 할 것입니다."

"흠! 해인사제에게 들었겠지만 부모님의 얼굴을 보고 즉

시 새벽이 오기 전에 다시 돌아와야 한다."

"예!"

노승이 해인스님을 향해 머리를 돌렸다.

"사제가 그럼 수고해 주게."

해인스님이 머리를 숙이며 합장했다.

"염려하지 마십시오, 사형! 이놈이 부모님을 보고 잠시 회한을 풀어놓게 하고 바로 돌아오도록 하겠습니다."

노승이 머리를 끄덕이며 입을 열었다.

"돌아올 때는 암자로 오지 말고 천불동으로 오게. 다시 말하지만 인시말(새벽5시) 전까지는 반드시 돌아와야 하네."

"예! 사형."

해인스님이 머리를 숙였다. 사형이 왜 천불동으로 오라고 한 것인지 이미 알고 있었기 때문이었다.

노승이 머리를 돌려 주변을 살펴보았다.

노인의 입에서 낮은 목소리가 흘러나왔다.

"야밤에 비까지 내리니 밤길을 다니는 사람들의 눈을 피하기는 더없이 좋겠구나."

나직이 중얼거린 노승이 해인스님과 김동하를 바라보았다.

"자! 서둘러 출발하거라. 밤길이 어두우니 행공도 조심해서 해야 할 것이다."

해인스님이 합장했다.

"심려하지 마십시오, 사형!"

"그럼 다녀오게."

"예!"

해인스님이 머리를 숙이자 김동하도 노승을 향해 정중하게 합장하며 이마를 숙였다.

"그럼 다녀오겠습니다, 스승님!"

"오냐."

두 사람이 노승에게 인사를 하고 이내 부슬비가 흩날리는 암자의 삽작문을 나섰다. 인왕산의 밤은 웬만한 사람들은 두려움에 오금이 저려 산길을 걷지도 못할 정도로 무서운 곳이었다. 그런 밤길을 두 사람은 거침없이 하산하고 있었다. 암자의 삽작문을 밀고 나서는 두 사람의 등을 바라보던 노승의 눈이 흔들렸다.

"현세에 네게 주어지는 혈연과는 마지막 만남이 될 것이다. 부디 좋은 기억만 가지고 돌아오도록 하거라."

나직하게 말하는 노승의 목소리에는 안타까움이 가득 실려 있었다. 두 사람이 암자를 떠나자 노승이 몸을 돌렸다. 노승 역시 이 밤을 걸어서 천불동으로 가야 하는 것이었다.

몸을 돌리는 노승의 법명은 해원스님이었다.

* * *

찰박찰박—

산길을 내려가며 풀섶을 밟자 비에 젖은 풀잎이 물기를 털어내며 찰박이는 소리가 들렸다. 길을 밝히는 초등(哨燈)도 없이 어둠 속에서 길을 내려가는 두 사람의 모습은 그야말로 산길을 머리에 외고 있듯 걸음에 거침이 없었다. 앞서서 산길을 내려가는 사람은 해인스님이었다.

해인스님이 머리를 돌리지 않고 입을 열었다.

"비등연공(飛騰燕功)은 모두 익힌 것이냐?"

해인스님의 뒤를 따르고 있던 김동하가 입을 열었다.

"모두 익히긴 하였지만 사숙께서 가르쳐 주신 해동무(海東武)의 절기는 함부로 사용해서는 안 된다고 사부님께서 말씀하셔서 금제를 하고 있는 중입니다."

"그래?"

해인스님이 힐끗 뒤를 돌아보았다. 어둠 속이지만 거침 없이 자신을 따라오고 있는 김동하의 모습이 보였다.

해인스님이 입을 열었다.

"스승님이 너에게 해동무를 사용하지 말라고 한 이유를 아느냐?"

김동하가 잠시 머뭇거렸다.

하지만 이내 대답했다.

"소생이 스승님의 의중을 어찌 짐작하겠습니까?"

해인스님이 입을 열었다.

"해동무는 사형과 나, 그리고 해진사형에게만 전해진 불무(佛武)의 기예니라. 행여 네가 함부로 해동무를 사용하다가 해진사형이나 해동무를 알아보는 사람에게 세인의 눈을 피해 은둔 중인 너의 행적이 드러나게 될 것을 염려하여 금제를 한 것이다. 해진사형도 큰사형이 너를 데려간 것을 알고 있으니, 네가 해동무를 펼친다면 단번에 네가 누군지 알게 될 것을 걱정한 것이니라. 또한 해동무를 사용하다가 산중에 오르는 산꾼의 눈에 띌 경우 인왕산에 귀영(鬼影)이 날뛴다고 관가에라도 소식이 들어가면 그 낭패를 어찌 피하겠느냐? 그래서 사형께서 네게 그리 하게 한 것이다."

김동하가 살짝 탄성을 흘렸다.

"아! 이제야 사부님께서 소생에게 그리 하신 이유를 알겠습니다."

해인스님이 낮은 목소리로 말했다.

"해동무를 익힌 이상 네 몸을 지키는 호신이야 어렵진 않을 것이다. 하지만 너 하나 호신만으로 끝나지 않을 일들이 닥쳐올까 염려되어 사형께서도 그리 조처하실 수밖에 없었을 것이다."

"예!"

김동하가 정중하게 말했다.

해인스님이 다시 힐끗 김동하를 돌아보았다.

"허나 오늘 같은 날은 해동무를 펼치기에는 더없이 좋은 날이지 않느냐? 이 밤중에 빗속을 돌아다닐 산꾼도 없을 것이고 야밤에 저잣거리를 내왕하는 파락호들조차 오늘 같은 날은 방구석에서 구들장에 엉덩이를 깔고 앉아 투전 패나 만질 것이니 말이다."

김동하가 눈을 껌벅였다. 해인사숙이 해동무를 펼치자는 것인지 아니면 자신의 내심을 알아보려는 것인지 알 수가 없었다.

해인스님이 입을 열었다.

"사형말대로 신시말까지 네 본가를 왕래하려면 서둘러야 할 것이다. 다행히 오늘 같이 비가 내리는 날은 야행꾼이나 저잣거리의 행인들도 없을 것이니 한번 해동무를 펼쳐 길을 재촉하는 것이 좋겠다."

김동하의 눈이 반짝였다. 몸에 차고 넘쳐서 그야말로 야생마처럼 날뛸 것 같은 기운이 스승님의 명으로 금제되어 묶여 있었던 날들이었다.

해동무를 사용하지 말고 오로지 근력으로만 산을 타고 인왕산을 헤집었던 그였다.

그런 자신에게 해동무의 금제를 풀어준다는 말이었다.

김동하가 해인스님을 바라보았다.

해인스님이 걸음을 멈추었다.

"선행은 내가 할 것이니 조심해서 나를 따라 와야 할 것이다. 그리고 네가 어느 경지에 이른지는 모르나, 처음부터 전력을 다해 나를 따라야 한다. 행여 힘이 겨우면 미리 나에게 말하거라."

김동하가 머리를 숙였다.

"알겠습니다."

"돈의문까지는 전력으로 달려 종루의 인경이 울리는 해시말(밤 11시)까지는 도달해야 할 것이다."

"예."

김동하의 눈이 반짝였다. 해인스님이 잠시 김동하를 바라보다가 이내 몸을 돌렸다.

"간다!"

해인스님이 몸을 움직이자 뒤를 이어 김동하도 몸을 움직였다.

파파파파팟—

투두두두둑—

해인스님의 발이 물방울을 머금고 있는 풀잎을 스쳐가자 물방울이 사방으로 튀어 올랐다.

하지만 그 소리는 그야말로 너무나 작았다.

해인스님이 펼치는 것은 해동무의 절기 중 하나인 비등

연공이라는 절기였다. 말 그대로 하늘을 날아오르는 제비의 날렵함을 비유한 무예였다.

파파파파팍— 쉬이이이이익—

두 사람의 몸이 어둠 속에서 너무나 날렵한 비조처럼 움직이고 있었다. 만약 무예를 모르는 사람들이 보았다면 비가 추적추적 내리는 칠흑 같은 밤에 한 쌍의 귀신이 허공을 날아가고 있다고 착각할 정도로 두 사람의 몸놀림은 그야말로 비조의 움직임처럼 표홀했다.

앞서서 몸을 날리고 있는 해인스님은 처음부터 자신이 너무 빨리 움직이는 것은 아닌지 살짝 걱정이 되었다.

힘들면 미리 말을 하라는 당부를 하였지만 김동하 같은 아이라면 힘들어도 절대로 힘들다 말하지 않을 것이라고 생각했다.

삽시간에 무악을 넘었다. 무악을 넘으면서 행여 김동하가 뒤처지진 않았을지 걱정된 해인스님이 뒤를 돌아보았다. 순간 해인스님의 눈이 커졌다.

자신의 뒤 반장거리(1.5m)에서 그다지 지친 기색도 없이 자신을 따라 붙고 있는 김동하의 모습이 보였다.

오히려 전력을 다하고 있는 자신과는 달리 김동하는 전혀 힘든 기색도 없었다. 해인스님이 혀를 찼다.

"기가 막힌 놈이로다."

다시 머리를 돌린 해인스님이 땅을 차올렸다.

파앗— 쉬이이이이익—

땅을 차올리는 소리조차 거의 들리지 않을 정도로 희미
했지만 그 속도는 오히려 더 빨라진 느낌이었다. 해인스님
의 뒤를 따르고 있는 김동하 역시 속도를 올렸다.

다른 것이 있다면 해인스님이 땅을 차는 거리는 2장
(6m)정도의 거리를 두고 일정하게 간격을 유지하고 있었
지만, 김동하는 해인스님처럼 2장 간격으로 땅을 차오르
다 어느 한순간에는 3장과 4장거리의 간격으로 땅을 찰 때
도 있었다. 그것은 김동하가 해인스님의 속도를 맞추어 주
고 있다는 의미였다.

만약 단신으로 김동하가 움직였다면 5장(15m)이나, 더
길어질 경우 7장(21m)의 거리까지 간격을 벌릴 수도 있었
을 것이었다. 두 사람의 질주는 더 빨라졌다.

다행한 것은 해인스님의 말처럼 비가 오는 야밤에 거리
나 저잣거리에 거의 사람이 보이지 않는다는 것이었다.

무악을 지나 행촌을 거쳐 옥촌으로 오르는 언덕 위에 도
달하자 도성의 모습이 어둠 속에서도 눈에 들어오기 시작
했다.

멀리 경기감영과 위쪽의 모화관의 앞쪽에도 관불이 밝혀
진 모습이 눈에 들어왔다. 또한 돈의문 위쪽의 성벽 위에
도 수문장청에서 밝혀놓은 횃불이 타오르고 있는 모습이
보였다. 인왕산에서 이곳까지 단숨에 달려왔지만 시각은

고작 한식경도 되지 않을 정도로 엄청난 속도로 달려온 것이다. 해인스님은 김동하의 본가에 도착하는 시간을 해시 말(밤 11시)정도로 예측했지만, 두 사람이 정작 돈의문 밖까지 도달한 시간은 해시가 막 시작되는 밤 9시경이었다. 인왕산의 정심암에서 출발한 시간이 술시중반(밤 8시)무렵이었기에, 한식경도 걸리지 않아 김동하의 본가에 도착한 것은 두 사람의 속도가 상상을 초월할 정도로 빨랐다는 것을 의미했다. 두 사람은 돈의문이 내려다보이는 옥촌에 도착하자 질주를 멈추었다.

이곳에서 다시 비등연공을 펼친다면 사람들의 이목에 띌 확률이 많아질 수 있었다. 질주를 멈춘 해인스님이 돈의문 밖에서 경기감영 쪽으로 이어져 있는 길을 따라 걷기 시작했다. 다행히 부슬부슬 내리던 비의 양도 약간 줄어들어 있었다. 김동하는 6년 전에 몰래 떠나야 했던 본가로 향하는 길에 접어들자 가슴이 두근거리기 시작했다. 머릿속에 남아 있던 돈의문 밖의 풍경이 어둠 속에서도 생생하게 들어오고 있었다.

경기감영과 고마청 사이로 흘러나가는 감천(甘川) 위로 드리워진 경교의 아래에서 멱을 감던 어린 시절의 기억이 새록새록 했다. 경기감영과 고마청 사이에 놓인 경교의 아래로 흐르고 있는 감천은 늘 돈의문 밖에 거주하고 있는 아낙네들의 빨래터였다.

멀리 모화관의 관비들도 날이 맑은 날이면 빨랫감을 한 보따리 광주리에 담고 감천으로 내려왔다.

인왕산과 북한산, 그리고 남산의 물이 합수가 되어 한강으로 빠져 나가는 한천의 줄기 중 한 곳인 감천은 물이 맑고 계곡이 험하지 않아 종종 돈의문 밖에 거주하는 평민들이나 중인들의 아이들이 멱을 감고 노는 장소이기도 했다. 빨래를 하는 엄마나 누이를 따라 나와 감천에서 송사리를 잡으며 놀던 기억은 김동하도 가지고 있었다.

아버지가 선대왕이 승하하기 직전, 선대왕의 병수발을 든 탁월한 공로가 인정되어 어의에 올라 종3품의 집의의 벼슬에 제수되자 중인의 신분에서 면탈하여 양반의 반열에 오르게 되었다. 하지만 그렇다고 해도 중인시절의 후덕한 품성을 버리지 못한 어머니는 종종 김동하와 김동하의 여동생인 김종희를 데리고 경기감영의 바로 코앞인 경교 아래 감천에서 빨래를 하곤 했었다.

당시에 김동하는 여동생 김종희를 데리고 물놀이를 하며 어머니 대신 여동생을 보살피는 역할도 했었다.

날이 맑은 날이면 경교 아래 빨래터는 늘 빨래를 하는 아낙네들로 붐볐다. 그 때문에 경교 위를 지나는 호색한 선비들이나 한량들은 경교 위에서 발걸음을 멈추고 부채로 얼굴을 가리고 경교 아래 감천에서 빨래를 하는 아낙네들의 튼실한 젖가슴을 훔쳐보기도 했다.

김동하의 머릿속에 오래전의 기억들이 마치 한동안 꺼내 보지 않았던 낡은 상자 속에서 끄집어낸 오래 전의 일기처럼 생생하게 떠오르고 있었다. 비록 지금은 어둠 속이라서 그때의 모습을 생생하게 볼 수는 없었지만, 그리웠던 본가가 지척이었기에 예전의 기억들을 생각하며 가슴이 두근거리는 것을 느끼고 있었다. 김동하의 본가는 경기감영과 경교를 지나 돈의문과 가까운 곳에 위치하고 있었다. 미전(쌀가게)가 즐비한 성로를 지나 고마청과 마주한 골목길에서 한강 쪽으로 100장정도 내려가면 넓진 않지만 아담한 저택이 보였다.

멀리 돈의문과는 약 200장정도 떨어진 거리였다.

김동하는 늘 신시말이면 퇴궐하여 돈의문을 나서는 아버지를 여동생의 손을 잡고 마중을 나갔다. 관복을 입고 돈의문의 수문장들의 배웅을 받으며 성문을 나서는 아버지의 모습은 늘 김동하에겐 멋있고 자랑스러운 기억이었다. 해인스님과 김동하는 돈의문 밖 밭 터와 과수원을 지나, 경기감영의 앞쪽을 피해 약방이 있는 감천의 아래쪽으로 내려와 감천을 건너 고마청 뒤로 돌아 김동하의 본가로 향했다. 멀리 보이는 경교 근처의 기루에서 홍등과 청등이 밝혀진 것이 보였지만, 두 사람은 그쪽으로는 시선도 돌리지 않았다. 이윽고 두 사람이 김동하의 본가가 지척인 곳에 도착했다. 김동하의 본가는 사방이 15장(45m)정도의 아담한 담장으로 둘러진 집이었다.

정문의 안쪽으로 본채와 사랑채가 있었고 김동하의 거처는 본채의 마루와 붙어 있는 방향이었다. 마당은 그다지 크지 않았지만, 담장의 한쪽에 오래된 살구나무가 있어서 늘 여동생이랑 살구를 따먹었던 기억이 있었다.

해인스님이 김동하의 본채 담장아래 도착하자 김동하를 돌아보았다. 김동하의 본채에서 희미한 불빛이 새어 나오고 있었고, 본채는 고요한 침묵에 빠져 있었다.

김동하는 당장이라도 대문을 열고 달려 들어가 그토록 보고 싶었던 부모님과 여동생을 만나고 싶었지만, 해인스님과 동행을 하고 있었기에 함부로 그럴 수가 없었다.

주변은 너무나 조용했다. 김동하를 바라보고 있던 해인스님이 속삭이듯 입을 열었다.

"행여 해진사형이 널 찾으려고 네 본가에 사람을 심어 놓았을 수가 있으니, 내가 먼저 들어가서 살펴보고 네 부모님께 네가 왔다는 것을 알려주마. 만약 내가 들어가고 안에서 큰 소리가 나면 곧장 이 길로 다시 산으로 돌아가도록 하거라."

김동하가 머리를 숙였다.

"알겠습니다, 해인사숙, 아니, 삼촌!"

"녀석!"

해인스님이 콧등을 실룩이다가 김동하의 이마를 손으로

가볍게 툭 치며 흘겨보았다.

김동하가 멋쩍은 얼굴로 해인스님을 바라보았다.

장난기가 많고 성격이 다혈질적인 면이 있지만, 자신을 그야말로 친자식처럼 대해주는 해인스님이다.

해인스님이 머리를 돌려 주변을 살펴보았다.

사람이 없다는 것을 확인하자 곧장 담장을 넘었다.

그야말로 옷깃이 날리는 소리도 들리지 않을 정도로 날렵하고 은밀한 움직임이었다. 김동하는 해인스님이 본가로 들어가자 이내 몸을 담장에 기대었다. 삼경이 멀지 않았기에 순라가 돌 수도 있는 시간이었다. 초조한 마음으로 담장의 모퉁이 쪽으로 몸을 숨기는 김동하였다.

순간 김동하는 자신의 머리 쪽에서 흐르는 땀을 느꼈다. 인왕산에서 이곳까지 달려오는 도중에도 땀 한 방울 흘리지 않았던 김동하였지만 정작 본가에 도착한 순간 땀이 흐르기 시작했다. 옷소매로 땀을 닦은 김동하가 맑고 차분한 시선으로 주변을 다시 한번 돌아보았다.

가만히 귀를 기울여 보았지만 사방은 그야말로 쥐 죽은 것처럼 고요했다. 순라꾼의 순라봉 두드리는 소리도 들리지 않았다. 순라꾼이 순라를 돌 때는 항상 두개의 순라봉을 서로 부딪쳐 순라를 돈다는 것을 미리 알려준다는 것을 알고 있는 김동하였다. 그때였다.

점점 줄어들고 있던 부슬비도 완전하게 멈추었다.

비가 멈춤과 동시에 옅어져 가는 구름 사이로 달빛이 빠져 나오기 시작했다. 비가 그친 것이었다.

김동하의 얼굴이 조금씩 굳어지고 있었다.

* * *

톡톡—

"부인! 주무십니까?"

본채 창문 밖에서 창문을 두드리는 소리와 함께 희미하게 들려오는 소리에 수심에 쌓인 얼굴로 남편 김정선의 관복을 손으로 쓸고 있던 유하연이 얼굴을 들었다.

귀에 익은 목소리였다. 하지만 남편이 하옥된 것으로 인해서 두려움이 더 커진 유하연 부인이었다.

유하연 부인이 떨리는 목소리로 물었다.

"누, 누구세요?"

유하연의 눈이 흔들리고 있었다.

그런 그녀의 귀로 낮은 목소리가 들려왔다.

"소승 해인입니다."

"아! 해인스님."

종종 산에 머물고 있는 아들 김동하의 소식을 은밀하게 전해주는 해인스님이 야밤에 찾아왔다는 것에 유하연은 가슴이 요동치고 있었다.

유하연이 다급하게 창문 쪽으로 다가섰다.

그러자 바깥에서 차분한 목소리가 들렸다.

"창을 열지 마십시오, 부인! 그리고 곧 동하가 방으로 들어갈 것이니 어의께서 하옥되셨다는 말은 하지 말아야 합니다. 그렇지 않으면 동하에게 변고가 생길 수 있을 겁니다."

유하연이 떨리는 눈으로 창을 바라보았다.

"도, 동하가 왔다고요? 내 아들 동하가 왔단 말씀이세요?"

말을 하는 유하연의 목소리에는 울음기가 담겨있었다.

해인스님이 입을 열었다.

"그렇습니다. 지금 집밖에서 기다리고 있는 중입니다."

"아아, 세상에……."

후드득―

유하연의 눈에서 눈물이 흘러내렸다.

다시 밖에서 해인스님의 목소리가 들렸다.

"소승이 동하에게 안전하다 기별하고 안으로 들일 것이니 부인께서는 절대로 어의께서 하옥되었다는 사실은 숨기셔야 합니다."

유하연이 눈물을 닦으며 입을 열었다.

"아비가 하옥되었다는 것을 알면 동하가 상심할 것이 당연하니 어찌 그것을 말하겠습니까? 스님께서는 염려하지 마세요. 그저 동하만 빨리 보게 해주시어요."

유하연은 오랫동안 보지 못했던 아들 김동하를 한시라도 빨리 만나고 싶었다.

그때 해인스님의 목소리가 다시 들려왔다.

"동하는 오래 머물지 못할 것입니다. 곧 먼 길을 떠나야 하기 때문입니다."

유하연이 물었다.

"역시 동하가 가진 그 천명을 노리는 사람들 때문인가요?"

해인스님이 대답했다.

"그렇습니다. 큰스님께서 미리 앞을 예견하시고 동하가 먼 길을 떠나기 전에 오늘 동하를 보내 어머니를 뵙고 오라고 한 것입니다."

"하아……."

유하연의 입에서 나직한 한숨이 흘러나왔다.

슬픔과 눈물이 묻어 있는 한숨이었다.

그런 유하연의 귀에 다시 해인스님의 목소리가 들렸다.

"동하가 부인을 만나고 나서 떠나기 전에 소승이 부인께 서찰 하나를 남길 터이니, 부인께서는 동하가 떠난 이후 서찰에 적힌 대로 행하셔야 합니다. 큰스님은 천기에 역행하는 일이라고 거북해하셨지만, 훗날 동하를 다시 재회하시려면 그대로 하셔야 합니다."

유하연이 눈을 깜박이며 물었다.

"그이와 관련된 일인가요?"

유하연의 물음에 잠시 해인스님의 말이 끊어졌다.

망설이고 있는 것이었다.

하지만 이내 해인스님의 목소리가 들려왔다.

"그렇습니다. 천륜을 거슬러야 하는 것이기에 반드시 서찰에 적힌 대로 행하셔야 합니다."

유하연이 대답했다.

"알겠습니다."

유하연이 대답하자 이내 해인스님이 창에서 멀어지는 기척이 느껴졌다. 유하연은 해인스님이 창에서 멀어지자 조금 전까지 만지고 있던 남편의 관복을 다시 의대에 재빨리 걸어놓았다.

유하연의 눈에는 슬픔이 가득했다. 한양 도성뿐 아니라 조선팔도에서도 잔혹하다고 원성이 자자한 임금이었다.

죽은 모후 폐비 윤 씨와 연관된 것이라면 사람이든 짐승이든 가리지 않고 죽여서 왕의 손에 죽은 사람들의 피가 한강을 붉게 만들 정도라는 소문까지 나돌았다.

그런 왕에게 폐비 윤 씨에게 내려진 사약과 관련되었다는 이유로 남편이 하옥 되었다면, 아마 살아서 집으로 돌아오지 못할 것이었다. 그렇지 않아도 한양 도성에서는 왕의 축첩놀이에 이용되는 운평과 흥청들을 위해서 한양도성의 주변 50리를 모두 비워야 한다는 황당한 소문까지 돌고 있었다. 말 그대로 왕이 미쳐가고 있는 상황이었기에 남편이 살아올 수 없다는 것을 이미 예감하고 있는 유하연이었다. 더구나 왕의 지독한 살심은 이미 죽어 땅속에 묻혀 백골이 되어 있는 이까지 다시 꺼내어 효수하는, 부관참시까지 이루어지고 있는 상황이다.

또한 한번 왕에게 낙인이 찍히면 짧게는 삼족을 멸하고, 길게는 구족까지 씨 몰살을 당하는 경우도 많았다.

어쩌면 자신과 딸, 그리고 아들 김동하도 왕의 손에 죽을 수도 있었지만, 다행히 아들은 오래 전에 몸을 피한 상황이었기에 아들만은 살 수 있을 것이라고 믿었다.

하늘이 보살펴 왕의 사악함이 멈추어 오로지 남편에게만 사약이 내려져 온건한 죽음을 맞이한다면, 아들인 김동하가 가진 천능으로 남편을 다시 살릴 수도 있을지 몰랐다. 하지만 참형을 당한다면 천능을 가진 아들조차 아버지를 살릴 수 없기에 두 번 다시 남편을 볼 수 없을 것이었다. 어쩌면 아들 김동하를 만난 이후 해인스님이 자신에게 남기겠다는 서신에는 그것에 대한 방도가 적혀 있을지 모른다는 생각이 들었다. 그때였다.

"어머니! 소자입니다."

낮지만 너무나 선명한 목소리였다. 한순간 유하연이 자신도 모르게 자리에서 벌떡 일어섰다.

"도, 동하니?"

그녀의 말이 끝나기도 전에 문이 열렸다.

스르르르륵—

문이 완전히 열리자 한명의 건장한 청년이 방안으로 들어섰다. 방으로 들어선 김동하는 방안에 서서 자신을 바라보고 있는 여인이 그토록 그리워했던 어머니라는 것을 알고 그대로 그 자리에서 엎드렸다.

"어머니! 불초 소자 이제야 왔습니다."

김동하의 눈에서 물기가 반짝였다.

인왕산의 초입에서 잠시 어머니의 얼굴을 본 이후 4년만에 재회하는 모자지간이었다. 유하연이 엎드려 자신에게 절을 하는 김동하를 부둥켜안았다.

"아아…! 내 아들!"

"어머니!"

김동하도 자신을 안아오는 어머니를 살며시 안았다.

그 시간.

김동하의 본가 후문 쪽으로 누군가 빠져 나와 경기감영이 있는 방향으로 사라지고 있었다.

정문 쪽에서 해인스님이 몸을 숨기고 있었기에 후문의 상황은 미처 짐작하지 못하고 있었던 상황이었다.

해인스님은 도성에 들어온 순간부터 함부로 해동무를 사용하지 않았다. 해동무를 사용할 경우 해동무가 지닌 독특한 선기(仙氣)가 흘러나온다는 것을 알고 있었기 때문이었다. 해동무의 선기는 같은 해동무를 익힌 불무의 계승자라면 단번에 감지할 수 있을 정도로 독특하고 명료한 느낌을 가지고 있었다. 그 때문에 도성 안에서는 사형인 해진의 이목을 피하기 위해서 해동무를 자제하고 있는 해인이었다. 그리고 그것이 결정적인 실수가 되고 있다는 것을 해인은 미처 모르고 있었다.

김동하의 본가 방 안에서는 아들과 어머니의 눈물의 상봉이 이루어지고 있었다.

"아픈 곳은 없니?"

너무나 헌칠하게 자란 아들이었다.

보기만 해도 아까울 정도로 도성 안 그 어떤 사대부 집안의 도령님보다 잘생기고 헌앙했다.

김동하가 머리를 숙였다.

"저는 잘 있습니다, 어머니."

"하늘이 너를 보살피고 있는 것이로구나. 다행이다, 다행이야."

유하연은 잘생긴 자신의 아들을 몇 번이고 다시 보았다. 어린 시절 아들에게 하늘이 내려준 천명이 숨겨져 있다는 것을 알게 된 후, 너무도 놀라워 잠을 자다가도 몇 번이나 일어나 아들의 얼굴을 확인했던 유하연이었다.

하지만 그런 아들이 가진 천명이 하늘의 축복이 아닌 모

자간의 필연적인 이별을 보상으로 내어주어야 한다는 것을 안 뒤, 아들이 가진 천명이 오히려 원망스럽기도 했다. 짧지도 않은 6년이라는 세월을 아들과 헤어져야 했었던 것이 아들에게 주어진 천명에 대한 대가였다.

더구나 이제는 더 먼 곳으로 떠나야 한다는 소식을 듣게 되자 유하연의 마음은 찢어질 듯 아파왔다.

유하연이 물었다.

"배는 고프지 않느냐?"

김동하가 머리를 흔들었다.

"스승님과 사숙이랑 암자에서 공양을 하고 내려왔습니다, 어머니!"

유하연이 머리를 흔들었다.

"아니다. 이리 오랜만에 만났는데 어미로서 자식에게 밥 한 끼 해주지 못하고 보낼 수는 없지 않겠느냐? 종희도 깨워 오랜만에 오라비의 얼굴을 보게 해주어야 나중에 종희가 서운해 하지 않을 것이다."

말을 마친 유하연이 소매로 눈가를 닦으며 일어섰다.

김동하의 본가에는 김동하의 가족을 제외하고 모두 3명의 시종들이 머물고 있었다. 이제는 사대부의 안방마님이 된 유하연을 대신하여 본가의 부엌을 맡고 있는 개성댁과 종희의 말동무이자 시종과 같은 개성댁의 딸 막례와 본가의 허드렛일을 책임지고 있는 개성댁의 남편 구삼모였다. 김동하의 아버지 김정선 영감이 어의에 재수되어 양반의 반열에 오름으로 인해서 살림의 규모가 달라졌기 때문이었다. 유하연은 개성댁이나 개성댁의 딸 막례를 깨워 아들 김동하가 먹을 밥을 짓게 만들 생각은 없었다. 오롯이 자신의 손으로 만든 음식을 자식의 입에 넣어주고 싶은 모성뿐이었다. 방을 나온 유하연이 딸이 잠자리에 든 별채의 문을 향해 마루를 가로질렀다.

별채라고 해 보았자 마루를 건너 지척인 곳이었다.

구삼모와 개성댁 일가는 본채와 떨어진 사랑채에 머물고 있었기에 굳이 그들을 깨우러 마당을 가로 지르지 않아도 되었다. 유하연이 딸의 방문을 잡고 살며시 열었다.

스르르륵—

소리 없이 미닫이문이 열렸다. 유하연이 곤하게 잠든, 이제 16살이 된 어린 딸 종희를 건드렸다.

"종희야. 종희야, 일어나 보거라."

어둠 속에서 불을 밝히지도 않은 채 유하연이 잠든 딸을 깨웠다. 종희가 눈을 떴다.

"으응?"

"종희야."

"어? 어머니가 무슨 일이에요?"

잠에서 깨어난 김종희는 자신을 깨운 사람이 어머니라는 것을 알자 놀란 듯 눈을 껌벅였다. 아버지가 하옥되었다는

것에 슬피 울다 지쳐 간신히 잠이 든 김종희였다.

유하연이 재빨리 김종희에게 입을 열었다.

"놀라지 말고 들거라. 지금 안방에 오라버니가 왔다."

순간 김종희의 눈이 커졌다.

"오, 오라버니가요?"

"그래."

"아아……."

김종희의 큰 눈이 이내 물기로 덮였다. 꼼짝 없이 아버지가 죽는다고 생각했는데 오라버니가 왔다면, 아버지가 살아날 방도가 있을 것이라고 생각한 김종희였다.

어린 시절 집 앞 골목길에서 소꿉장난을 하며 놀다 고마청에서 뛰쳐나온 미친 군마의 발굽에 채여서 숨이 끊어졌던 김종희였다.

그런 김종희를 살려낸 것이 바로 오빠 김동하였다.

어머니의 말로는 그 일로 인해서 오라버니가 집을 떠나야 했다고 하였고, 그것 때문에 늘 오라버니에게 미안한 마음을 가지고 있던 김종희였다. 그런데 그런 오라버니가 돌아왔다면, 어쩌면 패악한 왕에게 죽음을 당할지 모를 아버지를 살릴 수 있다는 생각이 들었다.

김종희가 잠자리에서 벌떡 일어섰다.

이제 16살의 어린 소녀였지만 어느새 제법 성숙한 규방의 처녀 같은 모습의 김종희였다.

유하연은 김종희가 16살이 되자 더 이상 집밖을 나가지 못하게 엄명을 내렸다. 그렇지 않아도 조선팔도에서 미친 왕의 호색질로 인해 채홍사들이 눈을 시퍼렇게 뜨고 운평과 흥청이라는 이름으로 불리는 여자들을 찾아다니고 있었다. 행여 그들의 눈에 띄는 날에는 여지없이 그들에게 끌려갈 수도 있었다.

유하연의 남편이자 김종희의 아버지인 김정선이 왕의 모후인 폐비 윤 씨의 사약에 사용된 약방문과 관련이 있다는 제보를 한 경기관찰사 홍귀달이 손녀가 왕의 첩실로 간택되는 것을 피하기 위해 칭병을 핑계로 상소하였다가 하옥된 것은 참으로 묘한 인연이라고 할 수도 있었다.

홍귀달은 자신의 목숨을 보전하기 위해 어의 김정선을 고발하였지만, 결국 그 역시 유배지인 경원에서 목을 매달아 죽이는 교형에 처하게 될 것임은 몰랐을 것이다.

유하연은 급히 옷을 갈아입는 김종희를 보며 입을 열었다.

"너는 절대로 오라비에게 아버지가 하옥되었다는 말을 하면 아니 된다. 알겠니?"

김종희가 눈을 깜박였다.

"왜요, 어머니? 오라버니라면 아버지를 살려줄 수도 있잖아요?"

유하연이 잠시 생각하다가 입을 열었다.

"…그럴 수도 있지만, 너 위험할 수도 있기에 하는 말이다."

"네?"

"네 오라버니에게 천명이 숨겨져 있다는 것이 세상에 알려진다면, 네 오라비가 가진 천명을 노린 이들이 욕심을 부릴 것이다. 아버지의 일은 따로 생각해 둔 것이 있으니 너는 절대로 오라비에게 아버지의 일을 말하지 말거라."

유하연은 해인스님이 넘겨준 서찰에 방도가 있다고 했던 것을 머리에 떠 올리고 있었다.

김종희가 눈을 크게 떴다. 어머니의 말이 틀리지 않다는 것을 단번에 알아차린 김종희였다. 죽은 사람도 살려내는, 그야말로 하늘이 내린 능력을 가진 오라버니의 권능이다. 누구든 그것을 알게 된다면 오라버니의 천명을 노릴 것은 당연한 것이었다. 김종희가 머리를 끄덕였다.

"알겠습니다. 어머니."

"어서 일어나 안방으로 건너가 보거라. 어미는 오라비에게 먹일 밥을 지을 것이니."

김종희가 머리를 끄덕였다.

"예!"

말을 마친 두 모녀가 방을 빠져 나왔다.

김종희의 눈이 안방을 향하고 있었다. 안방의 문풍지를 통해 흘러나오고 있는 불빛이 보이고 있었고, 그 방안에

오라버니가 있다는 말에 김종희가 서둘러 안방으로 달려
갔다.

사라락—

안방의 문을 열고 들어서자 안방의 한가운데 정좌를 하
고 앉아 있는 오라버니 김동하의 모습이 보였다.

"오라버니."

김동하가 방문을 열고 들어오는 참으로 아름다운 규수를
바라보았다. 바로 자신의 여동생인 김종희였다.

김동하가 환하게 웃었다.

"종희냐?"

"오라버니!"

와락—

김종희가 오빠인 김동하의 목을 끌어안았다. 김종희의
볼을 타고 눈물이 흘러내리고 있었다. 아버지가 하옥되는
불행한 일이 생긴 와중에 오라버니가 돌아왔다는 것이 너
무나 고맙고 감격스러운 김종희였다.

아직 젖살이 빠지지 않은 김종희의 얼굴이었지만 누구든
지 한번만 김종희를 본다면 단번에 탄성을 지를 수밖에 없
을 정도로 아름다운 미모의 여동생이었다.

김동하는 어머니 유하연이 김종하를 절대로 대문 밖으로
내보내지 않고 있다는 것을 모르고 있었다. 또한 인왕산의
암자에 숨어서 지내던 6년이라는 세월동안 조선에서 어떤

일들이 벌어지고 있는지 전혀 알지 못했다.

다만 자신이 가진 능력이 특별해서 그것으로 인해 결국 집을 떠나야 했다는 것만 머릿속에 담고 있었다.

김종희가 오빠인 김동하의 목을 끌어안고 젖은 목소리로 입을 열었다.

"징말 오라버니예요?"

김동하가 웃었다.

"그래."

"아아, 오라버니."

와락—

김종희가 다시 김동하의 목을 끌어안았다.

참으로 다정해 보이는 오누이의 모습이었다.

한동안 김동하의 목을 끌어안고 울먹이던 김종희가 격정이 가라앉자 끌어안고 있던 김동하의 목을 풀어주었다.

그리고 불빛 속에 드러난 김동하의 모습을 바라보았다.

김종희는 한양도성의 어디에서도 단 한번도 오라버니처럼 헌앙한 사람을 본적이 없었다. 더구나 이제는 자신이 발꿈치를 들고 올려다 볼 정도로 키도 헌칠하게 자란 모습이었다. 그야말로 방년의 나이에 찬 규수들의 방심을 울릴 정도로 너무나 잘생긴 오빠였다.

김종희가 입을 열었다.

"오라버니는 헤어져 있었던 동안 너무나 헌앙해지셨어

요. 율현의 자희 언니가 보면 놀랄 거예요."

김동하가 눈을 깜박였다.

"율현의 자희라니?"

김종희가 박속같은 이를 드러내며 살며시 웃었다.

아버지의 하옥으로 마음에 그늘이 생겼지만 이렇게 오라버니인 김동하의 얼굴을 보는 순간 그 아픔까지 잠시 잊어버릴 정도였다. 김종희가 입을 열었다.

"작년 한가위에 아버지랑 함께 서하진 좌찬성 대감의 모친을 뵈러 간 적이 있었어요. 서하진 대감의 모친이신 정경마님께서 풍증을 앓으신다는 말을 아버지가 들으시고 그분의 병세를 보러 간 거예요. 마침 왕성에서도 명절이라 대간의 입궐이 멈추어서 그 틈에 정경마님의 병세를 보러 가신 거죠. 좌천성 대감의 별채에 율현당이라는 소축이 만들어져 있었는데, 제가 심심해하자 아버지가 저를 그곳에 데려가셨어요. 그곳에서 좌찬성 대감의 따님이신 자희 언니를 본 거예요. 너무 아름다워서 사람들이 녹수는 시들어도 자희는 만개할 것이라고 수근 거린다고 하더라고요."

김동하의 눈이 껌벅였다.

"녹수가 시든다는 말이 무엇이냐? 물이 왜 시든다고 하는 것이지?"

김동하는 녹수라는 의미를 푸른 물로 해석하고 있었다.

그로서는 6년이라는 세월 동안 속세와 떨어져 있었던 참

이었기에 왕의 애첩인 장녹수에 대한 이야기는 알지 못했다.

김종희가 대답했다.

"녹수는 임금님의 총애를 받는 후궁마마를 말하는 거예요. 장녹수라는 이름으로 3정승의 위세보다 더 큰 힘을 가졌다고 했어요."

"흠……."

김동하의 눈이 깜박이고 있었다.

김종희는 오라버니 김동하에게 아버지의 일을 말하고 싶었지만, 어머니의 당부를 생각해서 꾹 참고 있었다. 아무것도 모르는 김동하는 여동생 김종희를 보며 부드럽게 웃었다.

"우리 종희는 그 자희라는 규수보다 더 아름다울 것이다. 벌써 이렇게 아름다운데 나중에는 우리 종희 때문에 도성의 사내들이 줄을 설 것 같구나. 아마 나중에는 그 자희라는 규수도 우리 종희를 보며 당현종의 양귀비가 환생을 한 것이라고 할 것이다 분명히. 하하."

김동하의 말에 김종희가 얼굴을 붉혔다. 오라버니의 말이 즐겁고 재밌었지만 마음 한 켠은 어둡고 불안함은 지워지지 않았다. 두 오누이가 도란도란 이야기를 하고 있는 와중에 밤이 깊어가고 있었다. 김동하의 본가 정문 쪽에서 몸을 숨기고 있던 해인스님이 불이 밝혀진 본가의 안채를 바라보며 안쓰러운 표정을 지었다.

"저리 질긴 혈연이고 우애인데 어찌 떨어져야 한다는 말인고… 나무아미타불 관세음보살. 하늘이 천명을 내려주셨지만, 이런 운명을 대가로 치러야 한다면 그것도 달갑지만은 않을 것 같구나."

합장하듯 손을 모으고 눈을 지그시 감는 해인스님의 얼굴에 안타까운 표정이 가득했다. 밤이 깊어지는 동안 김동하의 어머니인 유하연은 손수 부엌에서 아들에게 먹일 밥과 찬을 만들어 소반에 올려 안방으로 가져왔다.

못 본 사이에 더욱 헌앙해지고 장부다워지는 아들의 모습이 대견하고, 그런 아들과 또다시 긴 작별을 해야 한다는 것이 안타까워 눈물이 흘렀지만, 밤이 깊을 때까지 아들의 옆에서 집으로 돌아온 아들의 얼굴을 바라보는 것만으로 오랜 회한의 감정이 풀어지는 느낌이었다.

꾸욱─꾸욱─

구름이 걷히고 밝은 달이 드러난 돈의문 밖 인가의 근처를 찾아온 수리부엉이가 오랜 시간동안 끊어져 있다가 다시 이어진 혈육의 정을 알아챈 듯 목소리를 누른 울음소리를 흘려내고 있었다.

* * *

돈의문 외곽 경기감영에서 모화관 쪽으로 약 5리쯤 올라가면 모화관을 앞두고 좌측으로 천연지라 불리는 서지가 나타난다. 바로 경기중군영이 있는 곳이었다.

경기중군영의 뒤쪽으로 활터가 있었고, 서지의 앞쪽에 서상헌이라는 제법 큰 전각이 보이고 있었다.

서지의 아름다운 풍경을 즐기기 위해서 군영의 무관들이 모여 연회를 즐기는 장소로 이용되는 곳이었다.

평시에는 서상헌을 관리하는 시비 외에 거의 비워져 있는 곳이지만, 언제부턴가 서상헌에는 30여명의 외인들이 기거하고 있었다. 서상헌의 안쪽에 마련된 방안에는 입구 쪽에서 안을 살필 수 없도록 주렴이 내려져 있었다.

그런 주렴의 앞쪽에 누군가 무릎을 꿇고 머리를 조아리고 있었다. 무릎을 꿇고 있는 사람의 입성은 낡은 잠방이 바지에 역시 낡은 무명저고리를 입고 있었다.

머리에는 상투를 틀었지만 보통 하인들이 쓰는 두건으로 이마를 가린 모습이었다. 주렴이 드리워진 방안에는 술상을 앞에 둔 남자를 중심으로 술상의 좌우측에 몇 명의 사내들이 둘러앉아 있었다. 주렴의 3분에 2가 아래쪽으로 내려와 있었기에 남자들의 얼굴은 볼 수가 없었지만, 상석에 앉은 사내의 모습은 절반 정도 확실하게 보이고 있었다. 상석의 사내는 한쪽다리를 세워서 괴고, 다른 괴어진 다리 위쪽으로 술잔을 든 손이 흔들리고 있었다.

"결국 모습을 드러냈단 말이지?"

약간 긁히는 듯한 목소리였다. 목소리의 느낌으로 제법 나이가 들었다는 것을 단숨에 알 수가 있었다. 주렴 앞에서 머리를 조아린 낡은 옷차림의 사내가 다시 머리를 조아렸다.

"틀림없습니다요. 안방의 마님이 분명히 동하라고 말하는 것을 소인의 귀로 똑똑히 들었습니다요. 하지만 곧 떠나야 한다고 하는 말도 같이 들었습니다요."

낡은 옷을 걸친 사내의 얼굴은 40대 후반으로 보이는 천박하게 생긴 얼굴이었다.

주렴의 안쪽에서 다시 걸걸한 목소리가 들려왔다.

"어의가 잡혔다는 소식을 흘린 것이 확실히 효과가 있는 것 같군. 허허. 그렇게 찾으려 해도 보이지 않던 아이가 제 발로 나타나다니."

나직하게 말을 흘리던 사내가 손에 들고 흔들고 있던 술잔을 입으로 가져가서 털어 넣었다.

타악―

술잔을 내려놓은 그가 젓가락을 집어 갓 구워 올린 것으로 보이는 전을 뒤집으며 중얼거렸다.

"내가 나서 이런 야심한 시간에 종적을 감춘다면, 다 된 밥에 코를 빠트릴 수도 있어. 예전부터 기감 하나는 탁월하게 감지하던 놈이었으니 해동무의 기운을 단번에 알아

차리겠지. 어쩔 수 없이 날이 밝을 때까지 기다려야 하나? 군영의 군사를 동원하여 주변을 포위하는 것도 할 수 없으니 답답하군 그래."

돈의문이 코앞인 위치였다. 행여 군사를 동원한다면 그렇지 않아도 포악한 임금의 심기를 건드릴 수도 있는 일이었다. 야밤에 군사를 동원하는 것은 거의 모반으로 간주하는 것이 당연했다. 더구나 그렇지 않아도 자신의 폭압에 대해서 민심이 동요하고 있다는 것에 민감한 반응을 보이는 임금이 야밤에 군사를 동원했다는 것을 알게 되면, 아예 구족이 참형을 당할 수도 있을 대역죄로 취급할 것이었다. 결국 군사는 동원할 수 없는 상황이었다.

상석에 앉은 사내의 말에 술상의 옆쪽에 앉은 사내 한 명이 입을 열었다.

"소생의 휘하에 몸이 날랜 군영의 낭청이 몇 명 있습니다. 그자들을 시켜 집을 빠져 나오는 그들의 뒤를 몰래 따르게 한다면, 은신처를 알아낼 수 있을 겁니다. 성도가 아니라면 군사를 동원하는 것도 어렵지 않으니 그 일대에 진을 쳐 포위망을 만들 수 있을 것입니다."

상석에 앉은 사내가 입을 열었다.

"군영의 무관으로서는 해동무를 익힌 그자들을 따를 수가 없을 것이다."

다른 사내가 입을 열었다.

"어차피 그들이 성도로 들어가지 않고 그곳을 떠나야 한다면 반드시 이곳을 거칠 것이니 미리 매복하고 있다가 따로 패를 나누어 그들을 추적하는 것이 어떤지요?"

"흠!"

상석의 사내가 흥미를 느낀 것인지 방금 말을 한 사내를 바라보았다.

"그대의 계획이 그럴듯하군. 어차피 그들이 도성 안으로 들어가지 않고 이곳을 떠나게 된다면 길은 단순할 것이다. 한수(漢水)를 넘지 않을 것이 분명하니, 옥천과 영천방향에 날쌘 자들을 매복시켜야 한다. 또한 무악 쪽으로 빠질 수 있으니, 무악과 통인방향의 길목도 지켜야 할 것이다. 그럼에도 그들이 빠질 수 있는 곳은 인왕산을 돌아 자하문 쪽으로 돌아갈 수 있을 것이니, 모든 길목마다 눈썰미와 몸이 날랜 자들을 배치하도록 해. 그들이 떠나기 전에 먼저 길목을 차지하고 있어야 그들을 쫓을 수 있을 것이다."

술상의 말석에 앉은 두 명의 사내들이 몸을 일으켰다.

"알겠습니다. 지금 바로 령을 띄우겠습니다."

상석의 사내가 대답했다.

"실수가 있어서는 안 될 것이다. 반드시 내 손에 그 아이가 들어와야 한단 말이다."

"예!"

두 사람이 허리를 숙이고 주렴을 걷고 걸어 나왔다.

주렴 앞에 머리를 숙이고 있던 하인 복장의 사내가 다급하게 이마를 숙였다. 마치 주렴 안을 엿보는 것은 절대로 안 된다는 금기사항처럼 눈을 질끈 감고 있었다.

주렴이 걷혀진 찰나의 순간에 보인 것은 상석에 앉아 있는 사람의 얼굴이 무척이나 음침해 보인다는 것이었다.

얼굴에는 주름이 가득했지만 수염이 없었고, 입매는 가늘고 얇았다.

또한 눈매가 매섭고 얼굴이 좀 길다는 느낌이 들었다.

특징적인 것은 그런 상석의 사내 머리에 머리칼이 단 한 올도 보이지 않는다는 것이었다. 주렴 앞에 엎드리고 있는 하인 차림의 사내는 황급히 눈을 감았지만 결국 그 짧은 순간에 상석의 사내 얼굴을 보고 말았다. 주렴이 내려지고 술상의 말석에 앉은 사내들이 주렴 앞에 엎드려 있던 하인 복장의 사내를 지나 회랑을 걸어 나갔다.

바닥에 엎드리고 있는 사내에게는 일절 시선조차 주지 않는 자들이었다. 방을 빠져 나온 사람들은 40세 전후의 강퍅해 보이는 인상을 지닌 두 명의 사내들이었다.

두 사람이 빠져 나가고 다시 주렴이 내려지자 상석의 좌측에 앉은 사내가 입을 열었다.

"어의는 어찌할 참이오?"

상석의 사내가 힐끗 좌측을 바라보며 입을 열었다.

"폐비 윤 씨에 관한 일은 주상이 절대로 물러서지 않는다는 것을 모르는 것이오? 이미 홍귀달의 고언이 주상에게 알려진 상황이니, 어의는 이제 우리 손을 벗어난 것 같소이다."

좌측의 사내가 허망한 듯 실소를 뱉어냈다.

"허허, 그 참… 그 정도의 의술을 가진 사람이라면 요긴하게 쓰일 수도 있을 것인데… 안타깝군요."

상석의 사내가 웃었다.

"허허. 홍귀달을 이용해 어의를 옭아맬 계략을 생각해낸 것은 임대감이 아니오?"

임대감이라 불린 사내가 혀를 가볍게 찼다.

"난 그저 대사가 말한 그 아이를 찾기 위해서는 아비를 이용하는 것이 좋을 것 같다는 생각만 했소이다. 아이를 찾는다면 홍귀달의 무고를 다시 고하고 어의를 풀어 주는 게 어떨지 물어본 것일 뿐이었소."

대사라 불린 상석의 사내가 나직하게 말했다.

"이미 임금이 알아버린 상황이니 되돌리는 것도 번거롭고 귀찮은 일이오. 어의 하나 죽는다고 달라질 것은 없으니 그냥 잊으시구려. 곧 대감이 영상의 반열에 오를 것만 생각하시면 될 겁니다, 허허허."

임대감이라 불린 사내가 대답했다.

"알겠소이다. 그 문제는 더 이상 거론하지 않는 것으로 하지요."

두 사람이 나누는 대화를 듣고 있던 상석의 오른쪽에 앉은 사내가 입을 열었다.

"역시 사부님의 안목은 제자가 감당할 수가 없을 것 같습니다."

상석의 사내가 낮게 웃었다.

"그 아이를 통해 천명을 내 손에 쥐게 된다면, 이 조선은 내 손에 놓이게 될 것이다. 하하! 천명은 나의 것이 된단 말이다. 크크크큭."

서상헌의 내실 안쪽에서 기괴한 웃음소리가 터져 나오고 있었다. 주렴 앞에 머리를 조아리고 있던 하인 복장의 사내는 몸을 떨며 한시라도 빨리 이 시간이 지나기를 빌고 있었다. 그는 자신이 밀고한 대가로 받기로 한 은자 20냥에 대한 미련은 이미 10리 밖으로 멀리 달아난 것을 깨달으며, 자신이 이곳에서 살아 나가기를 간절하게 빌고 있었다. 시간은 어느새 자시가 지나 축시(새벽1시— 새벽3시)에 이르고 있었다. 비가 그친 도성에는 구름마저 완전하게 걷혀서 밝은 달이 천공에 높이 떠올라 있었다.

*　*　*

"몸조심 하거라."

유하연이 애틋한 표정으로 김동하의 손을 꼭 쥐었다.

김동하가 어머니의 손을 마주 쥐며 대답했다.

"걱정하지 마십시오. 어머니! 천명을 제 스스로 완벽하게 다룰 수 있게 되면, 반드시 돌아오겠습니다. 아버지께서 하필 오늘 임금님의 환후를 살펴야 하셔서 출궁을 하지 못하시어 뵙지 못하는 것이 서운합니다만… 곧 다시 돌아와 아버지를 뵙겠다고 전해 주십시오."

유하연이 저고리 깃을 들어 눈물을 닦았다.

"오냐."

김동하는 아버지가 임금의 병세를 살피느라 궁에서 출궁을 하지 못 한다고 한 어머니의 말을 그대로 믿었다.

그로서는 아버지가 폐비 윤 씨의 일로 하옥되었다는 것은 꿈에도 생각하지 못하고 있었다. 한쪽에서 역시 눈물을 글썽이며 김동하를 바라보고 있는 김종희가 4년 만에 재회한 오라버니와의 이별을 준비하고 있었다.

김동하의 본가 정문 쪽에서 이루어지고 있는 또 다른 이별장면은 참으로 애틋하기만 했다. 해인스님이 그 모습을 보며 마음속으로 연신 불호를 외우고 있었다. 이런 상황을 만들게 한 사형 해진이 지금처럼 밉게 느껴진 적이 없었다.

"해진사형! 이 지독한 업보를 어찌 감당하시려오?"

해인스님의 얼굴에 진득한 노기가 떠올랐다가 이내 지워졌다. 김종희가 마지막으로 김동하를 안았다.

"오라버니! 꼭 돌아오셔야 해요. 꼭이요. 꼭꼭 돌아오셔요."

김동하가 머리를 끄덕이며 여동생의 머리칼을 가볍게 쓰다듬었다.

"반드시 돌아올 것이니 걱정하지 말거라."

김동하는 자신을 끌어안는 여동생에게서 너무나 절실한 소망과 당부를 느끼고 있었다.

할 수만 있다면 사숙인 해진스님을 만나 천명을 걸고 담판을 짓고 싶은 심정이었다. 천명은 하늘의 권능이다.

보통 사람들에게는 그야말로 신의 능력을 가진 것과 같은 엄청난 행운으로 생각할 수 있었지만 정작 김동하에게 천명은 굴레이며 속박이고, 가족과 아픈 이별을 마주할 수밖에 없는 하늘의 저주라는 생각까지 들 정도였다. 그 때문에 줄 수만 있다면 해진사숙에게 넘겨주고 싶었다. 그러나 천명은 자신이 주고 싶다고 줄 수 있는 것이 아니고, 버리고 싶다고 버려지는 것이 아니었다.

하지만 해진사숙은 자신의 몸에서 천명을 걷어내어 자신이 차지하려 하고 있었기에, 결국 그 어떤 타협도 될 수가 없는 것이 현실이었다. 아들이 딸과 작별의 인사를 나누는 것을 본 유하연이 눈물을 흘리며 입을 열었다.

"어서가거라. 행여 너를 찾는 자들의 이목이 이 밤에도 이곳을 살피고 있는 것이 아닌지 걱정이 되는구나."

김동하가 먼 길을 떠나야 한다는 것을 알고 있는 유하연이었다. 김동하가 울고 있는 김종희를 살며시 밀어내며 입을 열었다.

"꼭 돌아오마. 그리고 소자, 다시 어머니를 뵈올 때까지 평안하십시오."

김동하가 흙바닥에 무릎을 꿇고 유하연에게 큰절을 올렸다. 어쩐지 이번에 헤어지면 무척 오랜 시간 동안 어머니와 아버지를 비롯해 동생을 보지 못할 것 같은 불안감을 느낀 것이었다. 유하연은 자신을 향해 절을 하는 김동하를 보며 눈물을 훔치며 머리를 돌렸다.

차마 아들이 떠나는 것을 보지 못 할 것만 같았다. 마음속으로는 아버지의 일을 전하고 싶었지만 그것이 아들의 발길을 묶어 놓을 것 같아서 입이 떨어지지 않았다.

데엥—

멀리 돈의문 종루에서 인시를 알리는 종소리가 울려오고 있었다. 김동하는 그렇게 또 다른 먼 길을 떠나기 위해 사랑하는 가족들에게서 몸을 돌리고 있었다.

천공불진(天空佛診)

꾸욱꾸욱―

새벽의 찬 공기 속에서 나뭇가지에 앉아 밤을 지키고 있는 수리부엉이의 울음소리가 스산하게 들려왔다.

파파파파팟―

돈의문을 벗어나 경기감영의 횃불이 감영의 정문인 포정문을 희미하게 비추고 있을 정도로 멀어지자 해인스님이 뒤를 따르고 있는 김동하를 보며 입을 열었다.

"여기서부터는 전력으로 산으로 돌아가야 한다. 날이 밝으면 사람의 눈에 띄게 될 것이니 인시가 끝나기 전에 전력을 다해야 할 것이다."

침중한 얼굴로 사숙인 해인스님의 뒤를 따르고 있던 김동하가 천천히 머리를 끄덕였다.

"알겠습니다."

김동하는 아버지는 뵙지 못하고 어머니와 동생을 만나고 다시 산으로 돌아가는 길이 그다지 마음이 편치 않았다. 무언가 풀어지지 않는 답답함이 그의 마음속을 번민으로 채우고 있는 것이었다. 그런 김동하의 마음을 이미 알고 있는 듯이 해인스님은 민가를 벗어날 때 까지 김동하의 얼굴 표정만 살필 뿐, 말을 걸지 않았다.

만약 김동하가 아버지인 김정선 어의에게 닥친 봉변을 알았다면 산으로 돌아가는 것을 포기할 것은 당연하다고 생각했다. 자신으로 인해 가족에게 해가 될 것 같아 집을 떠나는 것을 선택했을 정도로 효심이 깊은 사내가 바로 김동하였기 때문이다.

경기감영을 지나 무악과 인왕산, 그리고 북한산으로 이어지는 능선이 보이는 옥천의 언덕 위에 오르자 어제 밤까지 내린 비로 인해 서늘하게 식혀진 바람이 두 사람의 몸을 스쳐갔다. 비가 그치고 구름이 걷힘으로 인해서 환한 달빛이 드러나자 산으로 돌아가는 두 사람은 사람의 이목을 피하기 위해서 달빛의 그늘로 몸을 숨긴 채 제법 빠르게 민가를 벗어났다. 해동무의 비등연공 같은 절기를 펼친 것이 아니었기에 두 사람의 모습은 새벽을 틈타 도성을 빠

져나가는 상단의 일행쯤으로 보일 수도 있었다.

김동하의 등에는 어머니 유하연 부인이 정성스럽게 챙겨준 산에서 먹을 음식들이 들어 있는 봇짐이 메어져 있었다. 아무래도 그냥 몸만 달랑 떠나보내는 것은 어미로서 받아들이기 힘들었기에 남은 음식을 싸서 보낸 것이었다. 이내 옥천의 영봉언덕에 두 사람이 올라섰다.

머리를 돌려 돈의문 방향을 바라보며 자신의 본가가 어디쯤인지 가늠하는 김동하의 얼굴이 굳어져 있었다.

해인스님은 그런 김동하의 마음을 알고 있는 것인지 따로 말을 걸지 않았다. 잠시 동안 김동하의 눈이 돈의문의 성루와 경기감영, 그리고 고마청과 경고가 이어진 자리를 눈으로 살펴보았다. 어둠 속이었기에 뚜렷하진 않지만 그럼에도 김동하의 시력이 뛰어났기에 어느 정도 자세하게 살펴보면서 또다시 자신의 마음속에 본가의 풍경을 새겨 넣고 있었다. 김동하가 떠나기를 주저한다고 생각한 해인스님이 입을 열었다.

"또다시 네 부모와 형제를 두고 떠나야 하는 네 마음이 고단하고 힘든 것은 알고 있으나 어쩔 수 없는 일이다. 네 몸에 천명이 있는 한 그것을 탐내는 사람이 한둘이겠느냐? 재천(在天)에 있어야 할 부처의 권능이 네 몸에 있으니 이런 이별쯤은 네가 받아들이고 익숙해져야 할 숙명과 업보와 같은 것이니라."

김동하가 침중한 얼굴로 대답했다.

"아버지를 뵙지 못하고 돌아가는 것이 마음에 걸립니다."

해인스님이 흔들리는 눈빛으로 김동하를 바라보았다.

"인연이란 하해와 같아서 그 끝이 길고도 길다. 서로 연이 있는 한 다시 만나는 것은 하늘의 이치이니, 지금 네 가족과 헤어지는 것이 인연의 끝이라고는 생각하지 말거라."

해인스님은 당장이라도 김동하에게 아버지 김정선 어의의 상황을 말해주고 싶었지만 그 이후 닥치게 될 상황을 너무나 잘 알고 있기에 말을 해줄 수가 없었다.

김동하가 지금과 같은 패군주의 치세 하에 태어난 것도 그렇고, 아버지인 김정선 어의가 그런 패군의 조정에서 녹봉을 받는 신하라는 것도 김동하의 운명이었다.

잠시 옥천의 영봉에서 돈의문 방향을 바라보던 김동하가 등에 메고 있던 봇짐을 풀어서 바닥에 내려놓았다.

그리고 이내 돈의문 방향을 향해 다시 절을 했다.

이를 악문 채 절을 올리고 있는 김동하의 눈빛이 슬퍼보였다. 그런 김동하를 지켜보는 해인스님 역시 차마 보지 못하겠는지 등을 돌렸다. 그때였다.

등을 돌리는 해인스님의 눈빛이 강해지고 있었다.

비로 씻겨나간 맑은 공기가 흐르는 옥천의 영봉에서 익

숙하지 않은 불길한 기척이 느껴지고 있었기 때문이었다. 더구나 기척은 너무나 은밀하여 그 위치를 가늠할 수가 없을 정도였다. 해인스님의 눈이 번득였다.

그때 김동하가 절을 마치고 다시 봇짐을 메었다.

해인스님이 김동하를 보며 입을 열었다.

"아무래도 우리 종적이 누군가에게 발각이 된 모양이구나. 돌아가는 길을 서둘러야 할 것 같다."

갑작스런 해인스님의 말에 봇짐을 메던 김동하의 얼굴도 굳어졌다. 잠시 어머님과 아버지, 그리고 동생의 생각으로 마음속이 번민으로 가득 차 있었던 탓에 주변의 기세를 살피지 못했지만, 사숙인 해인스님의 말을 들어보니 주변의 기운이 섬뜩하다는 것을 느꼈다.

김동하의 눈이 번득였다.

해인스님이 김동하의 가까이 다가왔다.

"다행히 해동무의 기운은 느껴지지 않는구나. 해동무를 품은 해진사형이 있었다면 내 기감을 피할 수 없을 것인데 그런 기척은 없다. 다만 은밀하고 끈끈한 기척들이 사방에 늘어져 있는 것 같다."

김동하가 입술을 꾸욱 깨물었다.

"저 역시 그리 느껴집니다. 사숙!"

김동하도 같은 기운을 느꼈다는 말에 해인스님이 힐끗 김동하를 바라보았다. 어리고 수련이 부족하다고 생각했던 사질이 자신처럼 주변의 기척을 느낄 정도로 해동무의 오의에 통달했다는 것이 놀랍고 기특했다.

"해진사형이 있었다면 북악 방면으로 올라가서 창의문 (자하문)에서 따돌려야 할 것인데 그리하면 해원사형이 당부한 인시말까지 당도하지 못할 것이다. 다행히 해진사형의 기운이 없으니 이 길로 바로 산으로 돌아간다. 비등연공을 극성으로 펼쳐야 할 것이니 각오를 단단히 하거라."

김동하가 머리를 끄덕였다.

"걱정하지 마십시오."

"저자들이 해진사형의 수족들의 눈이라면 집요하게 들러붙을 테니 아예 전력으로 저들을 떼어내야 할 것이다."

"예!"

"가자!"

"네!"

두 사람이 짧은 대화를 나누고 그대로 앞으로 튕겨 나가기 시작했다.

파앗— 쉬이이이이이이익—

해동무의 비등연공을 극성으로 펼치는 것은 그야말로 섬전처럼 빨랐다.

휘이이이이이이잉—

김동하는 자신이 해동무를 익힌 이후 비등연공을 지금처

럼 극성으로 끌어올려 펼친 적은 없었다.

김동하의 귀로 차갑게 식혀진 이른 새벽의 공기가 진저리를 치면서 밀려나가고 있었다.

쉬이이이이익— 파파파파파파파—

두 사람의 모습은 삽시간에 옥천의 영봉에서 까마득히 멀어져 가고 있었다. 두 사람의 모습이 옥천의 영봉에서 떠나자 영봉의 옆쪽 숲에서 두 마리의 솔개가 급하게 날아올랐다. 허공으로 떠 오른 두 마리의 솔개는 허공을 한 바퀴 선회하고 이내 북쪽으로 빠르게 날아갔다.

솔개가 떠난 이후 옥천의 영봉에는 그야말로 적막강산으로 변한 듯 아무런 기척이 느껴지지 않았다.

차 한 잔이 식을 무렵, 일단의 사내들이 어둠 속을 빠져 나와 두 사람이 사라져간 무악방향을 잠시 바라보다가 몸을 돌려 다시 언덕을 내려가기 시작했다.

그들이 가는 방향은 경기중군영이 있는 방향이었다.

해인스님과 김동하는 단숨에 행촌을 지나 무악을 넘었다. 두 사람의 모습이 얼마나 빠른 것인지 영문을 모르는 사람들이 보았다면 인왕산에서 내려온 호왕(호랑이) 두 마리가 도성까지 내려와 산으로 돌아가는 것을 보았다고 할 정도였다.

파파파파파파팍— 촤아아아아아아악—

마치 미끄러지듯 단숨에 무악을 타고 넘은 해인스님과 김동하는 방향을 돌려 인왕산을 앞두고 북악 방향으로 질주했다. 앞서서 질주하고 있는 해인스님은 비등연공을 극성으로 펼쳐 끈끈이처럼 따라붙는 보이지 않는 존재의 이목을 따돌리려 했지만 어쩐 일인지 그 꺼림칙하고 미묘한 느낌은 사라지지 않고 있었다.

다행히 염려하고 있던 해동무의 기운은 아직도 느껴지지 않고 있었기에 해진사형이 직접 뒤를 밟는 것이 아니라는 점에는 안도감을 느낄 수 있었다. 앞서서 달리고 있던 해인스님은 속으로 혀를 차고 있었다.

모자간의 4년만의 해후와 오누이의 오붓한 형제애를 조금 더 느낄 수 있게 시간을 지체한 것이 지금은 절실하게 후회되고 있는 것이었다.

이대로 북악의 창의문까지 올라갈 경우, 해원사형이 당부한 인시말까지 천불동에 도착하기에는 시간이 촉박할 것이었기 때문이었다. 하지만 어쩔 수 없는 일이었다.

해진사형의 집요함과 사악한 심계를 알고 있는 해인스님으로서는 절대로 인왕산의 정심암이 드러나서는 안 된다는 생각뿐이었다. 만약 큰사형인 해원사형이 해진사형과 김동하의 문제로 다시 마주치게 될 때에는 큰사형이 그토록 고심하던 파계를 단행할 수도 있었다.

불도에서 살행은 파계를 전제로 했다.

그리고 큰사형 해원사형이 극도로 피하려고 했던 것이 해진사형과의 충돌이었다. 어쩌면 자신의 손으로 동문 사제를 해칠 수도 있었기에, 차라리 천명을 가진 김동하와의 은둔을 선택한 큰사형 해원사형이었다.

그런 큰사형의 고충을 알고 있는 해인으로서는 절대로 해진사형과 큰사형이 마주치지 않게 해야 한다고 생각했다. 이를 악문 해인스님이 북악 방향으로 달려 올라가다 한순간에 발을 멈추었다. 그토록 끈끈하게 달라붙던 미묘한 기운이 사라진 것을 느낀 것이었다.

돈의문 밖 옥천 영봉에서부터 거머리처럼 달라붙어 떨어지지 않던 그 미묘한 기운이 그야말로 씻은 듯이 사라졌다. 해인스님이 주변을 둘러보았다.

북악의 능선으로 이어지는 반터재라는 장소라는 것은 어둠 속에서도 금방 알 수가 있었다. 이곳에서 큰사형과 약속한 천불동까지는 가파른 산길을 타고 올라가야 한다.

이제 인시말까지는 반각정도 남아 있었기에 끈끈이처럼 따라 붙었던 기운이 사라진 지금이 적기였다. 해인스님을 따라 걸음을 멈춘 김동하가 주변을 훑어보았다.

"따라오던 기운이 사라졌습니다, 해인사숙!"

해인스님이 머리를 끄덕였다.

"해동무의 기운이 느껴지지 않았는데 이런 식으로 끈질기게 너와 나를 따라오던 자들이라면 보통 놈들이 아닐 것이다. 다행히 지금은 그들의 이목을 떼어낸 것 같구나."

해인스님이 낮게 말하며 몸을 돌려 반티재에서 인왕산의 능선으로 이어진 길로 들어섰다. 천불동은 인왕산의 안쪽 깊숙한 계곡의 위편에 만들어진 석불동의 또 다른 이름이었다. 20장(60m) 정도의 석벽에 구멍을 파고 안쪽에 수없이 많은 불상을 새겨 놓은 곳이 바로 천불동이었다. 불상의 크기는 제각기 달랐지만 모든 자세가 전부 달랐다. 불상의 숫자는 108개였지만, 온통 석벽이 불상의 구멍으로 가득해서 천불동(千佛洞)이라는 이름으로 불렸다. 불상이 새겨진 천불동의 한쪽으로는 산의 정상에서 흘러내리는 물줄기가 작은 소(沼)를 만들고 산 아래로 흘렀다. 더구나 어제 제법 많은 비가 내렸기에 물의 양이 많아 귀가 먹먹할 정도로 쏟아져 내리는 물줄기의 소리가 요란했다. 산정에서 흘러내리는 물줄기는 천불동의 옆 계곡의 절벽을 따라 거의 폭포처럼 흘러내렸다.

하지만 직벽이 아닌 모두 8개의 계단처럼 층이 만들어져 있어서 떨어져 내리는 물의 기세는 여느 폭포와는 달리 수압이 거세지는 않았다.

물이 차서 냉천이라 불리기도 하는 인왕산의 물은 사직을 지나 왕성인 경희궁을 스쳐, 경복궁을 감돌아 한천이라 불리는 중랑천과 청계천으로 합류해서 육조 앞을 지나고, 우포청과 좌포청 앞을 흘러 한수로 빠져 나간다.

돈의문 앞의 경기감영으로 흘러나가는 물은 경희궁에서
갈라진 물로 나중에 예인서의 앞에서 한천과 합류하는 것
이었다. 인왕산에 가끔 사냥을 위해서 들어오는 산꾼들이
나 약초꾼들은 불상이 새겨진 천불동의 모습이 음침하고
낮에도 귀신이 나올 것 같다고 하여 도깨비동이라고 불렀
고, 계곡의 안쪽에 푸른 소를 이루고 있는 물을 도깨비가
목욕을 하는 도깨비소라고 불렀다.

 해인스님과 김동하가 가야 할 곳은 바로 그곳, 도깨비 소
의 위쪽에 만들어진 천불동이었다.

 끈질기게 따라붙던 보이지 않던 이목을 따돌린 해인스님
과 김동하가 인왕산을 반대편에서 가로질러 도깨비소 근
처에 도착한 것은 인시말에 거의 임박했을 때였다.

 계곡을 따라 날렵하게 몸을 날리고 있는 두 사람의 표정
은 약간 다급해하는 표정이었다.

 "좀 더 속도를 올리거라."

 해인스님이 뒤쪽을 돌아보며 나직하게 입을 열면서 튕기
듯 몸을 앞으로 날렸다. 이미 동쪽 하늘에서는 희미하게
여명이 밝아올 무렵이었기에 시간을 조금만 더 지체한다
면 큰사형의 당부를 어길 수도 있다는 생각에 조급해진 것
이었다. 해인스님이 속도를 올려 몸을 날리자 김동하도 그
뒤를 바짝 따르면서 몸을 튕겨 올리고 있었다.

 이내 두 사람이 빠르게 천불동에 도착했다.

인왕산의 계곡을 타고 흘러내리는 물을 따라 위쪽으로 오른 해인스님과 김동하는 도깨비소의 앞에서 정좌를 하고 바위 위에 앉아 있는 사람을 발견했다. 바로 김동하의 사부이자 해인스님의 큰사형인 노승 해원스님이었다.

쉬이이익— 파아아아악—

해인스님과 김동하가 다급하게 해원스님의 앞에 내려섰다. 해원스님은 가부좌를 틀고 정좌를 한 채 눈을 지그시 내려 감고 명상에 잠긴 듯한 모습이었다. 하지만 자신의 앞에 두 사람이 내려서자 눈을 번쩍 떴다.

해인스님이 합장을 하며 입을 열었다.

"늦었습니다, 사형!"

김동하도 머리를 숙였다.

"다녀왔습니다, 스승님!

사제와 제자의 인사를 받은 노승 해원스님이 하얀 눈썹을 꿈틀거리며 두 사람을 바라보았다. 한순간 해원스님의 눈에서 시퍼런 안광이 흘러나왔다가 천천히 사그라들었다.

해원스님이 물었다.

"종적이 밟힌 모양이로구나?"

해인스님이 대답했다.

"동하와 함께 옥천에 도달하자 미령의 기척이 달라붙는 것을 느꼈습니다. 그것을 떼어내느라 애를 먹었습니다."

110

해인스님의 말에 해원스님이 나직하게 불호를 외웠다.

"쯧! 필요 없는 것을……."

"예?"

큰사형의 말에 해인스님이 놀란 얼굴로 해원스님을 바라보았지만 해원스님은 머리를 흔들었다.

"천공불진에 새겨진 옥인(玉印)에 해가 들어오는 시간은 오직 묘시초의 일각(15분)의 절반도 되지 않는 짧은 시간뿐이다. 오늘을 놓치면 2년을 기다려야 하니, 동하는 서둘러 목욕재계를 하고, 해인은 천공불진을 열 준비를 하거라."

해원스님의 말에 해인스님이 머리를 숙였다.

"예! 사형."

김동하가 눈을 껌벅이며 물었다.

"천공불진이 무엇을 하는 것입니까? 스승님."

해원스님이 김동하를 바라보며 대답했다.

"곧 알게 될 것이니 그리 궁금해 할 것 없다. 시간이 없으니 어서 몸을 씻기나 하거라."

평소와는 달리 약간 채근을 하는 듯한 스승님의 말에 김동하가 입을 닫았다. 그것은 김동하의 습관과 같았다.

스승인 해원스님이 무엇을 가르치든 되묻는 것이 없었고, 도리와 이치를 따지는 법도 없었다.

하나를 가르치면 열을 깨달았고, 이치를 알면 가르치지

않은 것도 스스로 터득할 정도로 김동하는 특별했다.

다만 세상의 도리와 예법, 선문답 같은 것은 스승 해원스님과의 한가한 일상처럼 대화를 나누며 습득한 김동하였다. 김동하는 메고 있던 봇짐을 벗어서 한쪽에 내려놓고 옷을 모두 벗기 시작했다. 그렇지 않아도 전력으로 비등연공을 시전 했으니 약간 지치기도 했다.

근 반 시진 이상을 전력으로 비등연공을 펼친 것이었기에 몸속의 해동무의 기운인 무량기(無量氣)의 기운도 3할 이상 떨어진 느낌이었다. 무량기를 채우기 위해서 연공을 한다면 더 개운할 수 있지만, 스승님이 목욕을 하라고 하니 어쩔 수 없이 목욕부터 해야 했다.

속곳만 남기고 옷을 모두 벗고 물속으로 들어가려 하자 지켜보고 있던 스승 해원스님이 나직하게 말했다.

"옷을 하나도 남기지 말고 모두 벗어야 하느니라."

스승 해원스님의 말에 김동하가 잠시 몸을 굳혔다.

살아오면서 누군가에게 알몸을 전부 보이는 것은 어려서 어머니가 자신의 몸을 씻겨 줄 때 외에는 단 한번도 없었던 김동하였다. 그런데 처음으로 누군가에게 자신의 온전한 모습을 드러낸다는 것이 왜인지 어색하고 거북하기만 했다. 잠시 망설이던 김동하의 귀로 스승 해원스님의 말이 다시 떨어졌다.

"무엇을 망설이느냐? 천공불진에 들기 위해서는 속세의

모든 때를 모두 씻어내야 들 수 있느니 어서 씻지 못하겠느냐?"

지금까지는 들어본 적이 없었던 스승의 냉혹한 말투였다. 어쩔 수 없이 김동하가 마지막 남은 속곳까지 모두 벗었다. 여명이 터오는 인왕산의 계곡에서 건장한 한명의 남자가 완전한 알몸으로 우뚝 섰다.

옷을 모두 벗은 김동하의 모습은 그야말로 보는 사람의 입에서 탄성이 터질 정도로 너무나 훌륭했다.

잡티하나 보이지 않는 피부와 군살은 찾아볼 수 없는 근육으로 다져진 몸은 같은 남자라고 해도 탄성이 터질 정도로 아름답고 훌륭했다. 더구나 18세의 소년으로 보이지 않을 정도로 떡 벌어진 가슴과 무쇠라도 튕겨낼 것처럼 탄탄한 두 팔은 보는 사람들의 가슴을 두근거리게 만들 정도로 강인해 보였다. 옷을 벗지 않았다면 그저 키가 헌칠한 잘생긴 유생이나 부드럽고 온화한 성품을 지닌 어린 선비로 보일 수도 있는 김동하였다.

그런 김동하에게 이런 모습이 숨겨져 있을 것이라곤 스승 해원스님도 미처 짐작하지 못한 것인지 눈을 번득이며 김동하를 바라보고 있었다.

해원스님이 나직하게 중얼거렸다.

"해진사제… 자넨 저 아이에게서 천명을 넘겨받을 수 있을 것 같은가? 저 아이가 역신(力神)의 성품을 지녔다면

아마 이 세상에서 저 아이를 넘어설 수 있는 사람은 존재
하지 않을 것이네. 자네는 저 아이의 온유한 성품 탓에 그
나마 그 악업의 대가를 치르지 않고 있다는 것을 알아야
할 것일세."

나직하게 중얼거리는 해원스님의 눈빛이 깊어졌다.

좌아아아아아아—

산정에서 흘러내리는 청수가 도깨비소로 떨어지고 있었
다. 김동하는 옷을 벗고 천천히 도깨비소로 걸어갔다.

차가운 물이 그의 전신을 적셔왔지만 김동하의 얼굴표정
은 전혀 변화가 없었다.

그 모습을 지켜보던 해원스님이 나직하게 입을 열었다.

"머리칼 한 올까지 모두 정성을 다해 씻어내야 한다. 알
겠느냐?"

김동하가 몸을 돌려 머리를 숙였다.

"그리하겠습니다."

말을 마친 김동하가 도깨비소의 안에서 정좌를 했다.

그는 목 아래까지 완벽하게 물속으로 잠겨들었다.

하지만 이내 김동하가 심호흡을 하고 머리끝까지 물속으
로 잠겨들었다. 스승인 해원스님의 말대로 머리칼 한 올까
지 완벽하게 씻어낼 수 있도록 몸 전체를 물속으로 가라앉
혀버린 것이었다.

짹짹짹—

인왕산의 산등성이를 따라 여명이 번져오고 있었고, 일찍 일어난 산새들의 울음소리가 잠들어 있던 인왕산의 산세를 깨워내고 있었다.

차가운 물속에서 몸에 묻었을지 모를 모든 속세의 흔적을 지워내고 김동하가 도깨비소를 빠져 나온 것은 물속에 들어간 지 이각(30분)이 지나서였다.

김동하가 몸을 씻는 모습을 도깨비소의 옆에서 모두 지켜본 해원스님은 물속에서 걸어 나오는 김동하에게 수건과 승복을 건네주었다.

"이 옷으로 갈아입고 따라오너라."

김동하는 목욕을 하기 전 자신이 입었던 옷을 힐끗 보다 이내 스승이 준 승복으로 갈아입고 스승의 뒤를 따랐다. 두 사람은 108개의 암동이 뚫려 있는 천불동의 석벽으로 향하고 있었다.

이제 인왕산에는 완전히 날이 밝아 있었다.

* * *

바닥에는 원형의 그림이 어지럽게 그려져 있었고 이해할 수 없는 글자들이 빼곡하게 적혀 있었다. 또한 사방에는 촛불이 밝혀져 있었으며, 원형의 도형은 서로 교차되거나 엇갈리면서 여러 개의 각으로 갈라져 나갔다.

원형의 도형들 사이로 분주하게 몸을 움직이는 해인스님의 몸에는 어느새 갈아입은 것인지 새 승복이 걸쳐져 있었다. 바닥은 완만하게 패여 진 반원형이었다.

반원형의 안쪽에는 불경의 법문과도 같은 글자들이 빼곡하게 적혀 있었고, 어떤 것은 가로로, 또 어떤 것은 세로로 적혀 있었다. 승복을 입고 있는 김동하는 바닥에 새겨진 글자를 해석하려 했지만, 스승님이신 해원스님께서 자신에게 불경의 법문은 따로 가르치지 않았기에 해석을 할 수 없었다. 다만 글자들의 형태가 마치 주문처럼 느껴진다는 묘한 이질감을 가져다주고 있었다.

스승이신 해원스님께서 암자의 법당에서 불경을 외울 때면 자신에게는 산에서 나무를 주워오라고 하시거나 공양에 쓸 나물을 캐 오라고 내보내셨다. 그 때문에 김동하는 6년이라는 세월 동안 스승 해원스님이 불경을 외는 것을 들어본 적이 몇 번 되지도 않았다.

제자 김동하와 함께 석동에 들어선 해원대사는 새 승복으로 갈아입고 분주하게 움직이는 해인스님을 바라보다가 이내 시선을 돌려 찬찬히 바닥을 살폈다.

"애초에 정한 것보다 2년이나 빨리 열어야 하니 불진의 방위도 달리 해야 할 것일세. 토방위의 건3리에 있는 것을 곤6위치에 놓게."

분주히 움직이던 해인스님이 머리를 돌려 해원스님을 바

라보았다.

"불진의 위계도 시기에 따라 달라지는 것입니까?"

해원스님이 담담한 얼굴로 입을 열었다.

"2년이라는 세월을 앞당겨야 하니, 그에 따라 위계의 방위도 달라지는 것이 이치일세. 28성의 방위각이 모두 681번이나 변하게 될 것이니, 그것을 감안하여 불진의 위치를 조정하는 것일세."

한쪽에서 듣고 있던 김동하는 스승과 사숙이 무슨 말을 하는 것인지 알지 못했다.

다만 바닥에 어지럽게 새겨진 원형의 도형과 그 도형의 위치가 엇갈리는 곳에 작은 구멍들이 불규칙하게 뚫려 있었고, 그 구멍에는 무언가 꼽혀 있는 것이 눈에 들어왔다. 바닥에 만들어진 구멍에 박혀 있는 것은 구리로 만든 것 같은 작은 원형의 면경이었다.

면경의 크기는 각자가 달랐다. 어떤 것은 크고, 어떤 것은 손가락 마디보다 작은 것도 있었다. 또한 면경의 방향은 일정하지 않았고, 면경의 면이 보이는 위치가 제각각 달랐다.

"스승님! 이게 무엇입니까?"

김동하가 스승 해원스님에게 물었지만 해원스님은 대답을 하지 않았다.

대신 분주하게 움직이고 있는 해인스님에게 입을 열었다.

"지금의 위치 이방위의 16번째 소경을 목의 감3리로 옮겨놓게."

"예!"

해인스님이 사형인 해원스님이 지시한대로 한곳에서 작은 원경을 빼서 다른 곳으로 가서 꼽았다. 바닥에는 가운데를 제외하고 어지럽게 동으로 만들어진 원경이 박혀 있었기에, 얼핏 무척이나 난잡하게 보이고 있었다.

위치를 조정하고 다시 배열하는 것으로도 제법 시간이 많이 걸렸다. 그때였다.

끼아아아아아아악—

석동 밖에서 날카로운 새의 울음소리가 울렸다.

그러자 원형의 어지러운 도형을 살피던 해원스님의 눈썹이 꿈틀했다. 잠시 새로 배열한 도형을 살펴보던 해원스님이 김동하를 바라보며 낮게 혀를 찼다.

"시간이 넉넉지 않으니 새로 불진을 살필 여유가 없구나."

김동하를 바라보는 해원스님의 얼굴에는 살짝 안타까운 표정이 떠올랐다. 김동하가 눈을 껌벅였다.

그때 해인스님이 물었다.

"사형! 이 소리는……."

말을 하는 해인스님의 얼굴이 딱딱하게 굳어져 있었다.

해원스님이 대답했다.

"해진사제가 곧 당도할 것이다."

순간 해인스님의 눈이 쭉 찢어졌다.

"해진사형이 온다고 하셨습니까? 그러고 보니 북악으로 가던 길에 기척이 사라진 것이……."

해원스님이 빙긋 웃었다.

"해진에게는 사특한 것이 많지 않으냐? 네가 금낭과 은낭을 잊고 있었던 것이 실수였다."

해원스님의 말에 해인스님의 얼굴이 일그러졌다.

"금낭과 은낭."

어금니를 깨무는 해인스님의 얼굴에 노기가 차오르고 있었다.

해원스님이 머리를 흔들었다.

"이미 늦었으니 그리 속상해 할 필요는 없다."

해원스님의 표정은 담담했다.

김동하가 스승인 해원스님의 얼굴을 바라보다 머리를 돌려 해인스님을 보며 물었다.

"해인사숙! 금낭과 은낭이 무엇입니까?"

해인스님이 나직하게 대답했다.

"매다. 해진사형에게 동물을 사냥하는 것보다 사람 살점을 뜯어먹는 것을 더 좋아하는 매가 있다는 것을 잊었다. 그 매가 바로 금낭과 은낭이라는 매다. 사람 추적하기를 좋아하는 놈들이기도 하지."

"아!"

그때 해원스님이 김동하를 보며 입을 열었다.

"옷을 모두 벗고 저 원경을 밟지 말고 진안으로 들어가 좌정하거라."

"예?"

"시간이 많지 않아 천공불진의 방위를 다시 살필 겨를이 없구나. 동하, 너의 운명이 정녕 하늘이 안배한 운명이라면 천공불진으로 네 운명이 달라질 것이니라. 서둘러라."

"스, 스승님!"

김동하가 놀란 얼굴로 스승 해원스님의 얼굴을 바라보았다. 해원스님이 나직하게 입을 열었다.

"부처의 공덕으로 천공불진이 열리게 된다면 도착하는 즉시 네가 좌정한 곳의 아래를 살펴 보거라. 이 스승이 네게 남긴 것이 보일 것이니라."

"스승님!"

"서둘러라. 곧 진시가 될 것이다. 시기를 놓치면 천추의 한을 남기게 될 수도 있을 것이니라."

해원스님의 말에 해인스님도 거들었다.

"이놈! 스승님의 말이 들리지 않느냐? 서둘러 진안으로 들어가 좌정하라 하지 않느냐?"

버럭 화를 내는 해인스님의 말에 김동하의 얼굴이 굳어졌다.

간혹 자신을 상대로 장난 같은 호통을 치는 해인사숙이
지만 지금은 얼굴전체에 다급하고 당혹해하는 기색이 역
력했다. 스승 해원스님이 다시 말했다.

"어서 옷을 벗고 들어가 좌정하거라. 그리고 즉시 해동
무의 무심결을 시행하거라."

 해동무의 무심결은 해동무의 최상승 심결이었다.

 주변의 모든 기운을 빨아들이는 심결로, 죽을 상황에 직
면했거나 몸의 기운을 모두 잃고 원기마저 남지 않았을 때
운기 해야 한다. 또한 무심결을 운영하는 동안에는 그야
말로 벌레 한 마리라도 무심결을 운영하는 사람을 건드릴
경우 생명이 위험할 수도 있는 엄청난 위기에 직면할 수도
있었다. 그 때문에 무심결을 운영할 때는 사람이 없는 완
벽하게 밀폐된 곳을 찾아 운기하거나, 불가피할 경우 주변
에 자신을 지켜줄 사람이 있거나 자신을 해치지 않을 가장
안전한 사람이 지켜줄 때 시행해야 한다.

 김동하는 지금의 상황에서 무심결을 시행하라는 스승의
말을 이해할 수가 없었다.

"스승님!"

"자세한 연유는 곧 알게 될 것이니라. 서둘러라."

 스승의 당부에 김동하가 어쩔 수 없이 옷을 벗고, 어지럽
게 크고 작은 황동으로 만들어진 원경이 박혀 있는 원의
사이를 지나, 가운데로 걸어가서 좌정했다.

그리고 이내 무심결을 운기하기 시작했다. 제자인 김동하가 무심결을 운기하며 무아지경으로 들어가는 것을 지켜본 해원스님이 해인스님을 보며 입을 열었다.

"동하가 불진의 자리를 차지했으니 천의 위치는 비우고 땅의 방위를 차지하게."

"예!"

해인스님이 김동하가 앉아 있는 좌측으로 움직여 편편한 원형의 좌대처럼 만들어진 석대에 올라앉았다.

그 모습을 본 해원스님이 한쪽에 놓인 목각불상을 가져와 김동하가 앉은 앞쪽의 석대 위에 올려놓았다.

그리고 자신은 재빨리 김동하의 뒤편으로 돌아와 또 다른 좌대 위에 앉았다. 세 개의 석대는 하늘(天)과 땅(地), 그리고 바다(海)를 상징하는 방위의 좌대였다.

하늘의 방위는 해원스님이 가져다 올려놓은 목불이 차지했고, 땅과 바다는 해인스님과 김동하의 스승인 해원스님이 차지했다. 해원스님이 바다를 상징하는 석대 위에 오르는 순간 인왕산의 등성이 사이로 비쳐 들어오는 햇살이 그대로 석동으로 비쳐들기 시작했다.

천천히 빛이 석동 안으로 마치 거북이의 발걸음처럼 천천히 기어들고 있었다. 순간 해원스님과 해인스님의 입에서 나직한 불경소리가 흘러나오기 시작했다.

"수리수리 마하수리……."

"수리수리 마하수리……."

두 스님의 불경은 고요한 석동 안에 좌정하고 있는 김동하의 머릿속으로 쇠북의 소리처럼 박혀들고 있었다.

석동 안으로 들어온 빛이 김동하가 좌정하고 있는 원형의 진 주변에 있는 황동면경에 닿았다.

순간 엄청난 빛이 사방으로 휘감겼다.

원경에서 반사된 빛이 다른 원경에 부딪쳐 또 다른 방위에 놓인 원경으로 반사되었다.

한순간 어둑했던 석동의 안쪽이 그야말로 엄청난 빛의 광풍이 휘몰아치기 시작했다.

또한 세 개의 방위에 놓인 석대 위에서 두 명의 고승이 외는 불경소리도 더 커지기 시작했다.

제일 먼저 변화가 생긴 것은 진의 한가운데 좌정하고 있는 김동하의 머리 위쪽에 마치 일부러 누군가 만들어 놓은 것 같은 원형의 공간이 만들어진 것이었다. 공간이 만들어지는 순간, 주변의 물건이 허공으로 떠올랐다.

물건들은 허공에 만들어진 원형의 공간 주변으로 빠르게 회전하기 시작했다. 동시에 김동하가 앉아 있는 정중앙의 위치에서 밝은 황금색의 빛이 떠올라 완벽하게 김동하의 몸을 감쌌다.

후우우우우웅—

"옴 아모가 바아로차나 마하무도라 마나……."

"옴 아모가 바아로차나 마하무도라 마나……."

해원스님과 해인스님이 외는 불경소리도 점점 더 커져만 갔다. 불경소리가 커져감에 따라 허공에서 생겨난 원형의 공간이 회전하기 시작했다. 동시에 원형의 진 중앙에서 좌정을 하고 있는 김동하의 몸을 감싸고 있던 황금색의 빛도 짙어졌다. 그때였다.

김동하가 좌정하고 있는 원형의 바닥이 눈이 멀 것 같은 엄청난 빛이 발산하기 시작했다.

우우우우우우웅— 휘이이이이이이이—

빛과 함께 생겨난 공간이 회전하면서, 모든 세상이 엄청난 기세로 공전했다. 한쪽에 벗어놓았던 김동하의 승복이 빛에 의해서 산산이 가루가 되어 회전하는 공간 속으로 빨려 들어갔다.

드드드드드드득—

공간은 김동하의 옷뿐만 아니라 초를 밝히던 촛대를 비롯해서 주변의 모든 사물을 동시에 빨아들이는, 너무나 놀라운 모습이 펼쳐졌다.

빛의 회전은 너무나 빠르고 거세었다.

파르르르르르르륵—

찌지지지직—

해인스님과 해원스님의 승복도 빛이 회전하면서 만들어내는 가공스런 압력에 의해 찢겨 나가고 있었다.

콰아아아아아아아—

캄캄하기만 했던 천불동의 석벽에 만들어진 석동에서 터져 나온 빛은 인왕산의 도깨비소 근방을 황금빛으로 가득 채우고 있었다. 하지만 해원스님과 해인스님은 석대에서 물러나지 않고 끊임없이 불경을 외웠다.

드드드드득—

한순간 맹렬하게 회전하고 있던 빛의 한가운데가 갈라졌다. 빛은 그 공간 속으로 마치 빨려들 듯, 밀려들어가고 있었다. 빛뿐만 아니라 모든 것이 빨려 들어갔다.

석동 안에 놓아둔 작은 불교용품을 비롯해, 물그릇과 식기그릇, 나무와 돌조각 등 석동 안에 잡다하게 숨겨져 있던 모든 것이 공간 속으로 빨려 들어갔다.

더구나 빛의 회전은 거대한 톱니바퀴와 같은 위력을 지닌 것 같았다. 일단 빛이 회전하는 곳으로 들어가면 무엇이든 잘게 부서져 나갔다.

행여 사람이 그곳에 들어간다면 한줌의 핏물로 변해 사라질 것 같은 가공스러운 빛의 회전이었다.

다만 불경을 외고 있는 해원스님과 해인스님, 그리고 하늘의 자리에 놓인 낡은 목불은 빛의 회전에도 전혀 움직이지 않고 있었다. 의외인 것은 해원스님이나 해인스님이 입고 있는 승복이 좌대 위에서 벗어날 경우 빛의 광풍에 휩쓸리는 것이었다. 그 때문에 해원스님과 해인스님이 입고 있던 승복의 부가 좌대를 벗어나자 승복이 튕겨 나가버린 것이었다. 빛의 광풍은 더욱 거세게 변했다.

콰우우우우우우—

한순간 석동이 무너질 듯 진저리를 쳤다.

* * *

그 시간. 인왕산의 하늘을 바라보며 계곡을 올라오는 일단의 인물들이 보였다. 검은색의 무복을 걸친 20여 명의 장한들과 관에서 지급하는 군부의 무관들이 입는 무복을 걸친 30여 명의 무관들이었다.

제일 앞쪽에는 얼굴을 검은색의 두건으로 가리고 머리에는 죽립을 쓴 건장한 체구의 사내 한명과 사내를 호위하는 십여 명의 경기중군영의 제복을 걸친 무관들이었다.

끼아아아아아—

계곡을 빠른 속도로 올라오고 있는 무리들의 머리 위에서 날카로운 새의 울음소리가 들려왔다.

앞에서 계곡 위로 올라가고 있는 사내들 중 얼굴에 두건을 쓴 사내가 머리 위를 올려다보았다.

머리 위에서 두 마리의 솔개가 회전하고 있는 것이 보였다. 이내 두 마리의 솔개가 빠르게 계곡의 위쪽으로 올라갔다.

두건을 쓴 사내가 머리를 갸웃하며 입을 열었다.

"금낭과 은낭이 저리 다급하게 재촉하는 것으로 보아 위쪽에 변고가 생긴 것이 아니냐?"

두건을 쓴 사내를 호위하는 경기중군영의 군관 모자를 쓴 20대 후반의 사내가 입을 열었다.

"이곳은 사냥꾼들도 잘 오지 않는 도깨비동이라고 불리는 곳입니다. 그놈이 이곳으로 들어갔다면 퇴로도 막힌 것과 다름없습니다. 맨손으로 20장의 절벽을 타고 올라야 하는 곳이지요. 그런 저 위쪽에 무엇이 있다고……."

"도깨비동?"

"예!"

순간 얼굴에 두건을 쓴 사내가 이를 악물었다.

"빌어먹을! 그것을 생각하지 못했구나."

경기중군영의 군관모를 쓴 사내가 눈을 크게 떴다.

"무슨 일이 있으신지요? 아, 아니, 스승님!"

복면을 쓴 사내가 나직하게 입을 열었다.

"천공불진! 천공불진 때문이다."

복면을 쓴 사내의 말에 군관모를 쓴 사내가 눈을 껌벅였다.

"천공불진? 그게 무엇입니까?"

"해원이 부처의 힘을 빌려 천명을 다시 하늘로 보내려는 것이다. 이런……."

이를 악문 복면사내가 얼굴을 가리고 있던 복면을 손으로 확 걷어내 버렸다. 순간 얇은 입술과 사악해 보이는 노인의 얼굴이 드러났다. 해원스님과 해인스님이 그토록 경계하고 미워하던 해원스님의 사제, 해진이었다.

해진의 법명은 분명 스님이지만 그의 몸에서 흘러나오는 기운은 전혀 승려 같지 않았다. 하긴. 현 조선시대는 과거 고려 때와는 달리 승려라고 해도 그다지 대접을 받지 못했다. 오히려 유교를 중시하여 선비와 유생들의 힘이 더 강력했다. 태조 이후 불교를 숭상해온 고려시설의 폐단을 개혁하기 위해 내려진 숭유억불정책 때문이었다.

어쩌면 해진은 그 때문에 스스로 불문에서 물러났을지도 모를 일이었다. 해진이 다급하게 입을 열었다.

"전력으로 도깨비소로 달려 올라간다. 해원과 해인이 천공불진을 여는 것을 반드시 막아야 한단 말이다."

말을 마친 그가 전신의 해동무의 기운을 끌어올렸다.

나이가 일흔에 가까운 해진이었지만 해동무의 근간인 무량기는 그야말로 온몸에서 차고 넘칠 정도로 충만했다.

파아아아아아앗— 쉬이이이이이익—

그야말로 비조처럼 계곡의 안쪽으로 쏘아져 올라가는 해진의 모습은 보는 사람들의 간담을 서늘하게 만들 정도로 가공했다. 그의 뒤로 늘 그를 따르는 20여명의 검은색 무복을 입은 장한들이 재빠르게 따랐다.

파파팍—

파팍—

일시에 계곡으로 치솟아 올라가는 검은색의 장한들의 몸놀림도 예사의 몸놀림이 아니었다. 경기중군영의 군관들이나 경기감영의 무관들은 해진과 검은색의 무복을 걸친 사내들이 보여주는 엄청난 신위에 입을 벌렸다.

"임사홍 대감이 왜 저분을 그토록 어려워하는지 알 것 같군 그래. 고려의 인종재위시절 무력으로 신위를 떨쳤던 척장군이 환생하신 분이 저분이라고 그랬어."

"휴우… 무신이라 불렸던 척장군의 환생이 저분이시라니… 저분을 따르는 자들도 보통의 몸놀림이 아니군. 훈련도감에서도 강하다고 알려진 양휘재 별장 나으리도 저분께는 비교가 되질 않을 것 같네, 그려."

경기중군영의 무관들과 경기감영의 군관들이 혀를 차며 계곡의 안쪽으로 사라진 해진의 뒷모습을 멍하게 바라보고 있었다. 그때 조금 전까지 해진과 대화를 나누었던 20대의 군관이 소리쳤다.

"뭘 하는 것인가? 서둘러 어르신의 뒤를 쫓아서 위로 올라간다."

20대 군관의 말에 무장들과 군관들, 그리고 남은 사람들이 서둘러 계곡의 위쪽으로 달려 올라갔다.

한편 제일 먼저 도깨비소에 도착한 해진은 천불동이라

불리는 절벽의 암동을 보며 이를 악물었다.

천불동의 108개 석불동의 제일 위쪽 중앙의 암굴에서 엄청난 빛이 흘러나오는 것을 본 것이었다.

"망할! 사부가 유언으로 남긴 천불동을 잊고 있었다니… 인왕산이라는 말을 들었을 때 진즉 떠올려야 했는데 도깨비소라는 말에 기억이 날줄이야."

해진은 자신을 수행하던 20대의 군관이 도깨비소라는 말을 하기 전까지 사부의 유언을 철저하게 잊고 있었다.

마지막에 도깨비소라는 말을 듣고 나서야 기억하게 된 자신의 아둔함을 자책했다.

해진도 해원스님이나 해인스님과 같은 사부에게서 불도를 수학했던 사람이었다. 그런 그가 사부의 임종 때 남겨주신 천공불진에 대한 이야기를 잊고 있었다는 것은 참으로 후회막급이었다.

사부 인허대사가 제자였던 해원과 해진, 그리고 해원스님 중 대사형이었던 해원스님에게만 임종 직전 마지막 유언으로 남겨주신 이야기는 천불동에 남겨진 천공불진에 관한 이야기였다. 사실 사부 인허대사는 세 명의 제자들의 성품을 살펴보고 해원에게만 천공불진에 대한 비밀을 남겨주었다. 하지만 천성이 온화했던 대사형 해원은 사부의 유언을 사제들에게 모두 알려준 것이었다.

당시 사부가 죽기 직전 사형인 해원스님에게 알려준 천

공불진에 대한 유언이 너무나 허황하고 맹랑하여 믿지 않았던 해진으로서는 땅을 치며 후회하고 싶었다.

해진의 눈에 천불동의 108석동의 상좌 석동의 한가운데에서 흘러나오는 눈이 부신 황금빛에 이를 악물었다.

파아악—

그의 몸이 땅을 박차고 새처럼 치솟아 올랐다.

자신의 실수에 화가 치민 나머지 해동무의 무량기 기운을 전력으로 끌어올려 단숨에 3장 높이까지 차고 오른 것이다.

팍—

치솟아 오르는 탄력을 이용해 다시 절벽을 찍는 그의 발걸음에는 잔뜩 노기가 담겨있었다.

파팍— 팍—

연신 석벽을 발로 찍으며 단숨에 절벽의 최상단에 올라간 해진은 빛이 흘러나오고 있는 암동으로 순식간에 파고들었다. 그때였다.

콰콰콰콰콰콱— 쾅—

엄청난 진동과 함께 석동으로 들어서던 해진이 자신도 모르게 뒤쪽으로 밀려났다.

파스스스스스—

진동이 사라지며 마치 암동이 허물어질 것처럼 천장에서 돌가루가 흘러내렸다.

투두두두둑—

돌가루와 함께 작은 돌멩이 조각이 어지럽게 바닥으로
튕겨졌다.

쩌정— 쨍겅—

투두두둑—

바닥으로 황동색의 동경이 어지럽게 떨어져 나뒹굴고 돌
먼지가 자욱하게 피어오르다 천천히 사그라지고 있었다.
해진은 너무나 황당한 상황에 그저 놀란 듯이 입을 벌리며
암동의 내부를 바라보았다.

잠시 후.

암동이 허물어질 것처럼 흘러내리던 돌먼지와 돌조각으
로 인해 자욱했던 암동의 먼지가 가라앉았다.

먼지가 사라진 암동의 모습은 참으로 기묘했다.

가운데 원형으로 보이는 불진의 무늬가 깨어져 있었고,
일부의 원은 동경을 꽂아 넣는 구멍이 아예 사라져 버린
모습이었다. 또한 불진에 설치한 것으로 보이는 동경들은
제 위치에 있는 것은 몇 개 없었고, 모두 뽑혀 있거나 동경
이 부러진 상태로 바닥에 널브러져 있었다.

원형의 불진 안쪽은 더 상태가 좋지 않았다.

김동하가 좌정을 하고 앉아 있던 자리였다.

그 자리에는 김동하의 모습은 보이지 않고, 마치 도끼로
찍어낸 것처럼 길게 갈라진 모습만 보였다.

더구나 쪼개어져 있는 불진의 안쪽에는 김동하 대신 천정에서 떨어진 것으로 보이는 바위덩이가 틈 사이에 박혀 있었다. 원형의 불진을 가운데 두고 세 개의 석대 위에는 모두 두 명의 스님들이 정좌를 한 채 앉아 있었고, 제일 위쪽에는 목불 하나가 놓여 있었다.

　해진의 어금니가 꾸욱 깨물어졌다.

　"천공불진의 유언이 사실이었다니……."

　해진의 눈에 노기가 치솟았다. 자신도 알고는 있었지만 믿을 수 없는 이야기라며 머릿속에서 지워버렸던 것이 참으로 후회스럽고 안타까웠다. 그때였다.

　먼지가 가라앉은 석동의 석대 위에 앉아 있던 두 명의 스님이 눈을 번쩍 떴다.

　"해진사제, 왔는가?"

　늙고 힘이 빠진 듯한 노승의 목소리였다.

　바로 김동하의 사부인 해원스님의 목소리였다.

　해인스님도 해진을 보며 나직하게 입을 열었다.

　"해진사형, 오셨소?"

　해진이 두 사람을 쏘아보며 입을 열었다.

　"그 아이는 어디에 있는 것이오? 나에게 그 아이만 내어준다면 사형과 사제는 건드리지 않고 물러가겠소."

　해진의 눈이 번들거리고 있었다.

　해원스님이 부드럽게 웃었다.

"그 아이는 떠났네. 천명을 가진 아이니 하늘이 안배한 곳으로 부처께서 데려가셨겠지."

순간 해진의 눈이 시퍼렇게 타올랐다.

"사형!"

석벽이 쩌렁 울리도록 날카로운 목소리였다.

해원스님이 약간 힘이 빠진 목소리로 입을 열었다.

"천공불진은 이제 없네. 천공불진의 문이 열리는 순간 그 아이는 천명의 배려로 이곳을 떠났네. 사제가 욕심을 부리던 천명은 하늘이 안배한 사람에게만 내려질 수 있는 권능일세. 사제와 나 같은 땡중 따위가 함부로 넘볼 능력이 아니란 말일세."

순간 해진의 손이 석벽을 후려쳤다.

콰앙— 후드드득—

다시 돌가루가 날렸다.

"천명의 권능은 그것을 간수할 능력이 있는 자가 차지해야 한다. 사형이나 사제, 그리고 그 어린 놈 따위는 그런 능력을 지킬 힘도 없단 말이다! 감히 날 이런 식으로 농락해?!"

해진의 눈에 광기가 비쳤다.

그때 석동의 안으로 일단의 인물들이 급급하게 들어섰다. 해진을 수행하는 측근 수하들이었다.

석동 안으로 들어선 수하들은 난장판이 된 석동의 모습

을 보며 어리둥절한 표정이었다.

해진이 이를 악물며 입을 열었다.

"천공불진을 복원하시오, 사형!"

해원스님이 웃었다.

"내가 사제의 말을 들어줄 것 같은가?"

"내 말을 듣지 않는다면 그 어린놈의 식솔들은 물론, 사형과 사제, 그리고 그놈과 관련된 것이라면 모조리 살아남지 못할 것이오!"

해원스님이 머리를 흔들었다.

"그래봤자 소용없네. 이미 천공불진은 닫혔어. 그리고 해진 자네가 무슨 짓을 한다고 해도 불진을 재현하는 것은 들어줄 수 없네. 설사 불진을 재현한다 해도 천명을 가진 아이와 같은 문을 열 것이라고 장담할 수도 없는 일이고 말일세."

해원스님의 말에 해진이 이를 악물었다.

"감히 날 거역할 것인가?"

콰앙— 콰당탕—

"큭!"

해원스님이 해진의 발길질에 그대로 석벽으로 튕기듯 날아갔다. 천공불진을 열기 위해서 몸의 무량기를 전력으로 사용했던 해원스님이었다.

그런 상황에서 해진의 일격을 감당할 수가 없었다.

석벽으로 튕겨져 나간 해원스님의 얼굴이 하얗게 변하면서 입으로 시뻘건 선혈이 터져 나왔다.

"쿨럭!"

너무나 창졸간에 벌어진 일이었다.

다행히 해진의 일격은 분노를 참지 못해 저질러진 것이었지만 해원스님의 목숨을 빼앗지는 못했다.

지켜보고 있던 해인스님이 노갈을 터트렸다.

"해진!"

해인스님의 눈에 광기가 떠올랐다. 하지만 그것뿐이다.

지금은 손가락 하나 움직일 힘도 없는 그야말로 무방비인 상황이었다. 해인스님이 몸을 떨며 입을 열었다.

"해진! 너는 이제 내 사형이 아니다. 감히 대사형을 건드리다니? 네놈에겐 친 혈육과 같은 대사형이었다. 그런 대사형을 네놈이 감히 해치려 하다니, 그러고도 네놈이 정녕 사람이더냐?!"

해진이 이를 악물며 해인스님을 쏘아보았다.

"내 일을 망치는 것은 그 누구도 용서하지 않는다. 사형? 사제? 그런 것은 이제 필요 없다. 그래, 목숨은 살려줄 터이니 천공불진의 도해를 다시 만들어라. 그리하면 적어도 사제 간에 피를 보는 일은 없이 평생 염불이나 외다가 죽게 만들어주마."

해진이 머리를 돌려 수하들을 향해 입을 열었다.

"뭣들 하느냐? 이자들을 중군영의 뇌옥으로 데려가라."

"예!"

수하들이 머리를 숙였다. 이내 해진의 수하들이 몸을 움직여 피를 토하고 있는 해원스님과 얼굴에 온통 노기와 분기를 떠올리고 있는 해인스님을 낚아챘다.

수하들이 해원스님과 해인스님을 부축하고 석동을 빠져나갔다. 수하들이 석동을 빠져 나가자 석동 안으로 한명이 들어섰다. 해진과 함께 인왕산의 계곡을 오르던 20대의 군관이었다.

군관이 주변을 둘러본 후에 해진의 옆으로 다가섰다.

"아버지! 이게 어찌된 일입니까?"

해진이 머리를 돌려 20대의 군관을 바라보았다.

해진의 눈이 흔들렸다.

하지만 이내 낮은 음성으로 중얼거렸다.

"나의 실수로 천명을 지닌 그 아이를 놓쳤다. 천공불진을 열 줄은 몰랐기 때문이다."

20대의 군관이 눈을 껌벅였다.

"천공불진이라니요?"

해진이 어금니를 깨물며 대답했다.

"겁의 틈을 여는 부처의 마지막 안배라고 알려진 진식이다. 나도 그것이 실제로 존재한다고는 생각하지 못했었다. 나의 불찰이다."

20대의 군관이 입을 살짝 벌렸다.

"겁을 벌리다니요? 그게 무슨 말입니까?"

해진이 자신을 아버지라 부른 20대의 군관을 보며 입을 열었다.

"다시 천공불진을 그릴 것이니라. 그리고 그 천명을 네 손에 쥐어 줄 것이다. 내가 권휘 너에게 세상을 준다는 말이다 알겠느냐."

"아, 아버지!"

권휘라 불린 사내가 해진의 얼굴을 바라보았다.

"천명을 얻거든 아비를 다시 살려내도록 하거라. 천명의 권능을 가지게 된다면 죽은 자도 능히 살려낼 수 있을 것이다. 효수나 참형을 당하지 않는다면 반드시 살아난다."

해진의 눈이 사악한 욕심으로 번들거리고 있었다.

끼아아아아아아악—

이제는 완전히 날이 밝은 인왕산의 하늘 위로 금낭과 은낭이라 불리는 두 마리의 솔개가 맑은 비명을 울리며 높이 날아올랐다.

해인의 서(海印의 書)

툭…툭…….

정갈하게 적힌 한 장의 서신 위로 맑은 눈물이 떨어지고 있었다. 눈물이 떨어진 서신의 글자가 눈물로 인해 먹 향을 풍기며 번지고 있었다. 글자 한자 한자 또박또박 읽어가는 여인의 손매는 무척이나 고와보였다.

소리 내어 울지는 않았지만 가늘게 어깨를 떨고 있는 가녀린 체구의 여인은 김동하의 모친 유하연이었다.

유하연은 눈물로 인해 자꾸만 눈앞이 흐려져 서신의 글자가 잘 보이지 않았지만, 그럼에도 손에서 서신을 놓을 수가 없었다.

[동하모친 친전.

어의영감과 부인의 자식인 동하를 산으로 보내시고 하루하루 자식에 대한 심려로 고초를 겪고 계심은 잘 알고 있습니다.

다행히 부처님의 공덕으로 동하는 무료한 산중생활에도 잘 견디고 있는 중입니다.

어의께서 동하에게 보내주신 의서를 벗 삼고, 스승이신 해원사형의 가르침도 게을리 하지 않고 수련에 매진하고 있습니다.

하오나 이렇게 서신을 부인께 전해야 하는 상황에 대해서 다급한 마음을 추스르지 못하고 사형의 전언을 대신 전합니다.

금번 패악한 임금의 잔악한 모정의 여파로 어의께서 하옥되었음을 아시고 동하의 스승이신 사형께서 어의 영감의 흥망을 헤아려보신 결과 참혹하게도 흥과 망이 성하다 하시었습니다.

또한 동하의 지근에 화가 미칠 수 있다 하셨습니다.

이에 해원사형이 어쩔 수 없이 동하가 지닌 천명을 보하기 위해서 천공불진을 열어야 한다고 결정하셨습니다.

천공불진이란 부처의 공덕으로 겁의 공간을 여는 것을 의미합니다.

오직 천공불진만이 천명을 가진 동하를 구할 수 있는 길

이라고 하셨으나, 그것이 혈육과의 이별을 뜻하니 참으로
황망하기만 하다 하셨습니다.

 동하는 먼 길을 떠날 것입니다.

 천공불진의 길이 어디까지 열리게 될 것인지 모르나, 그
길이 멀고 길어 차마 돌아오지 못할 수도 있음을 부인께
전해야 하는 마음이 참혹하기만 합니다.

 다만 부처의 자비가 동하의 천명을 보존해주신다면, 먼
훗날에라도 가족이 모두 상봉할 수 있을 길이 열린다고 하
셨으니 부인께서는 부디 스스로를 보중하십시오.

 부인의 부군이신 어의 영감께서는 불시에 참혹한 변을
당하시게 될 것 이옵고, 부인과 동하의 누이에게도 그 화
가 미칠 것이라 하셨습니다.

 하여 해원사형께서는 부군이신 어의 영감의 안위가 비록
소중하긴 하나, 동하의 원행에 짐이 되지 않으시도록 부인
과 동하의 누이께서는 몸을 피하라 하셨습니다.

 한수를 넘어 남으로 내려가시어 '곡(鵠)'자가 어울리는
곳에서 터를 잡고 사신다면 먼 훗날에라도 동하와 상면하
리라 하셨습니다. 동하가 어디로 가게 될 것인지는 해원사
형도 모르신다 하셨습니다.

 다만 겁의 사이에 천명이 보이니 그 길의 한 곳에 동하의
거처가 정해질 것이라 하셨습니다.

 때가 시급함에도 본가에 동하를 보냄도 원행을 떠나는

동하에게 마지막으로 혈육의 인연을 기억하라는 배려였
습니다.

이제 동하는 산으로 돌아가 천공불진의 문을 열고 원행
을 떠날 것입니다.

허니 부인께서도 동하의 누이를 데리고 시급하게 한수를
넘으시고 남쪽으로 내려가시기를 청합니다.

패임금의 악행이 2년 후에나 끝날 것이나 어의께서는 그
때까지 살지 못하신다 하셨습니다.

부인의 심려가 크시고 부군이신 어의 영감의 안위를 걱
정함은 잘 알지만, 부디 동하를 위해 다시 한번 몸을 보중
해 주시기를 간곡하게 전합니다.

동하의 주변에 번져오는 상서롭지 않은 기운이 촉박하니
동하와 작별한 이후 곧장 도성을 벗어나야 화를 면할 것입
니다.

그럼 부인께 항상 부처님의 자비로움이 만성하기를 기원
합니다. 갑자년 칠월 산사에서 해원사형의 전언을 해인이
대서합니다.]

바스락—

편지를 바닥에 내려놓는 유하연의 볼에는 하염없이 눈물
이 흐르고 있었다.

편지의 내용에는 자신과 딸 종희의 안위를 걱정하는 내

용이 가득했다. 하지만 남편이 하옥된 것을 알고 이곳을 떠날 수는 없었다. 다만 두 번 다시 동하를 보지 못한다는 것이 유하연의 마음을 아프게 찔렀다.

패임금의 포악함은 유하연도 너무나 잘 알고 있었다.

자신의 어미를 모함한 자들이라면 이미 죽었더라도 무덤에서 파내어 그 시신의 목을 자르고 머리뼈를 효수한다는 부관참시도 서슴지 않는 광기로 가득한 임금이었다.

도성의 관아마다 그와 관련된 자들의 비명소리가 그치지 않고, 의금부 국문장의 마당에는 하옥된 자들을 고문하면서 흘린 피로 피비린내와 함께 의금부 뒷문으로 쉬지 않고 시신들이 실려 나온다는 소문도 돌았다.

아침에 왕궁으로 입궁하는 관료들의 얼굴에는 죽을지 모른다는 두려움으로 인해 핏기가 없었고, 퇴궁을 할 때에는 오늘도 살아났다는 안도감으로 핏기가 돈다 하였다.

패임금에 대한 원성은 날이 갈수록 깊어졌고, 이제는 피비린내와 미구에 닥칠 화를 피하기 위해 도성을 떠나는 사람들이 줄을 잇는다는 말도 전해지고 있었다.

하지만 그럼에도 유하연은 도성을 떠날 수가 없었다.

남편이 옥사에 갇혀 있는 상황에서 자신과 딸만 살자고 몸을 피할 수는 없는 일이기 때문이었다.

더구나 딸 종희의 아버지에 대한 효심은 아들 동하에 못지않아 절대로 아버지를 두고 도성을 떠날 아이가 아니었다. 유하연이 잠시 눈물을 흘리다가 이내 눈물을 닦고 서신을 곱게 접어 장롱 안에 깊숙하게 밀어 넣었다.

그리고는 머리를 돌려 등창이 환하게 밝은 창 쪽으로 시선을 던졌다.

"아버지와 어미, 네 누이는 걱정하지 말거라. 네 아버지가 죽는다면 어미 혼자 살아서 무엇을 하겠느냐? 다만 훗날 네가 언제든 돌아온다면 그때는 만나지 못하게 될 테니 그게 참으로 마음이 아프구나, 흐흑."

애절한 울음소리가 담긴 목소리였다.

유하연은 떠나지 않기로 결정했다.

그것은 자신과 백년해로를 약속한 남편에 대한 예의였다. 이 집에서 죽어 귀신이 되더라도 훗날에 돌아올 아들 김동하를 맞이할 생각이었다.

간밤에 몰래 찾아와 어미와 누이의 얼굴을 보고 돌아가게 한 것만으로도 유하연은 만족했다. 다만 서신에서 언급한 천공불진이라는 것이 어떤 것인지 알지 못했기에 다소 불안했다. 해원스님이 서신에서 언급한 그 겁의 사이라는 것도 어떤 뜻인지 이해하지 못했고, 겁의 사이에 아들 동하가 거처할 곳이 있다는 말도 이해하기 힘들었다. 다만 아들이 죽지 않는다는 것만은 알았기에 그것만으로 안도할 수가 있었다.

까아아악— 까아아악—

날이 밝은 김동하의 본가 살구나무 가지 위에 어디서 날아온 것인지 모를 불길한 까마귀의 울음소리가 들렸다.

"훠이… 이놈 까마귀, 새벽부터 어디서 울어대? 저 멀리 가거라."

마당에서 까마귀를 쫓아내는 개성댁의 목소리가 아침마당을 울리고 있었다.

푸드드드득—

살구나무 위에서 울어대던 까마귀가 날개소리를 내면서 날아갔다. 이내 개성댁의 푸념소리가 들렸다.

"어이구, 이놈의 화상은 간밤에 어디서 자빠져 자는지 코빼기도 뵈지 않는 것이여?"

투덜거리는 개성댁의 푸념소리가 암울한 표정으로 창을 바라보고 있는 유하연의 귀로 들어오고 있었다.

*본문에서 언급하는 패임금은 연산군이며 시대적 연대는 1504년 연산10년의 상황을 묘사합니다. 다만 김동하의 부친 어의 김정선이 홍귀달에게 모함을 당하는 상황은 작가의 구성이었으며, 서신에서 언급한 해인스님의 서신 작필 시점이 1504년 7월로 구성한 점은 따로 역사적 배경을 조정하였습니다. 홍귀달이 유배지에서 교형을 당한 시점은 1504년 6월 16일이니, 서신의 갑자년 7월과는 1달 이상 차이가 남으로 인해 그때까지는 생존하였다는 설정입니다. 또한 해진이 임사홍에게 조력자로 묘사된 부분도

소설 구성상 임의로 구성한 부분입니다.

　돈의문 주변과 인왕산에 대한 묘사는 당시에 남겨진 자료를 통해 대부분 당시 실제 상황을 반영하려 하였으나, 일부 묘사와 한양도성까지의 거리와 주변상황은 작가의 창작으로 구성하였습니다.

첫 만남

삐비빅—

찰칵—

현관의 번호판의 숫자가 입력되자 현관의 자물쇠가 열리면서 문의 잠금 고리가 풀어졌다.

덜컹—

문을 열고 들어서자 며칠 동안 고요한 침묵에 잠겨있던 아파트의 내부가 긴 잠에서 깨어나듯 괴괴한 정적을 밀어냈다.

현관 안으로 들어서자 열렸던 문이 다시 닫혔다.

찰칵—

문이 닫힘과 동시에 현관의 불이 밝혀졌다.

며칠 동안 돌아오지 않았던 주인을 맞이하듯 집안이 긴 어둠에서 깨어났다.

신발을 벗고 거실로 들어서는 한서영의 눈빛은 상당히 지쳐있었다.

하지만 맑은 두 눈과 반듯한 콧날, 그리고 고집스럽게 입술이 꼭 다물어져 있는 한서영의 모습은 보는 사람을 시원하게 만들 정도로 늘씬하고 아름다웠다.

170cm가 넘는 늘씬한 키에 긴 머리는 등허리까지 늘어진 모습이었다.

거실의 벽에 붙어 있는 거실 등의 버튼을 누르자 어둠에 잠겨있던 거실에 환한 불빛이 밝혀졌다.

거실을 밝힌 한서영이 자신의 손에 들린 비닐봉투를 내려다보았다.

집으로 돌아오는 길에 아파트 입구의 상가에 들러 사온 것들이 담겨진 봉투였다.

주방 쪽으로 가는 것도 귀찮은 것인지 한서영이 비닐봉투를 거실 바닥에 내려놓고 몸을 돌렸다.

어깨에 메고 있던 가방을 한쪽에 놓인 소파 위로 던진 후 한서영은 윗옷도 벗지 않고 소파에 기대듯 털썩 주저앉았다.

화장기가 전혀 없는 한서영의 얼굴이었지만 보는 사람들

의 입에서 저절로 감탄성이 터지게 만들 정도로 아름다운 모습이었다.

한서영, 28세.

서울 세영대학교 의대를 졸업하고 현재 세영대학 병원에서 내과전문의를 꿈꾸는 인턴으로 근무 중인 고집이 세고 콧대가 높은 여인이다.

세영대학교 재학 중에는 세영대학교 퀸으로 통할 정도로 아름다운 미모로 알려졌었다.

그녀의 미모를 소문으로 들은 방송국의 관계자가 직접 한서영에게 연예인 데뷔를 권했을 정도로 그녀의 이름은 연예계를 비롯해 주변 학교에서도 유명했다.

하지만 그녀는 자신의 미모를 탐내는 연예계의 유혹에 대해서는 고지식할 정도로 단호했다.

누군가의 앞에서 거짓으로 눈물을 흘리고 연기를 해야 하는 오글거림은 그녀의 성격상 맞지 않았다.

아름다운 미모와는 달리 남자다운 성격이었고, 불합리하거나 부조리한 것에 대해서는 거침없이 욕설도 아끼지 않는 여인이었다.

자신이 좋아하는 선배에게는 밥이나 술을 사달라고 떼를 쓰기도 했고, 후배들에게는 스스로 술을 사줄 수도 있을 정도로 호방한 여자였다.

주변의 인맥이 제법 넓었던 한서영에게 대학교 재학시

절 단 한번도 남자로 인한 염문이나 스캔들이 없었다는 것은 지금까지도 세영대학교의 불가사의 중 하나로 통했다.

그런 한서영이 선택한 것은 자신이 전공했던 의사의 길이었다.

졸업 후 전공대로 의사의 길을 선택한 한서영은 의과고시에 합격한 이후 세영대학 병원에서 인턴을 지원했다.

하지만 인턴 의사의 습성 상 병원에서 받는 스트레스로 인해 곤죽이 되어 퇴근한 것이다.

4일 만에 집으로 돌아온 한서영의 속은 부글부글 끓고 있었다.

4일 동안 샤워도 하지 못했고, 속옷도 갈아입지 못할 정도로 그야말로 극악한 일정을 보내고 겨우 집으로 돌아올 수 있었다.

소파에 앉은 한서영이 화면이 켜지지 않은 거실의 텔레비전을 마치 미운사람을 쏘아보듯 노려보았다.

어젯밤 세영대학 병원의 응급실에서 있었던 일들이 그녀의 머릿속에 다시 떠올랐다.

인턴 초기시절부터 자신을 괴롭혀 왔던 선배 최태영의 얼굴이 머리에 떠올랐다.

"시발놈. 쥐뿔도 없는 실력으로 후배나 갈구는 놈. 확 밥 처먹다가 내장이나 폭발해버려라, 개새끼."

앙 다문 잇새로 흘러나오는 한서영의 목소리에는 잔뜩
화가 묻어 있었다.

자신이 해야 할 응급실 의무기록을 한서영에게 맡긴 후,
의무기록이 틀렸다고 어젯밤부터 오늘까지 온종일 자신
을 괴롭혀 온 레지던트 3년차 선배가 바로 최태영이다.

'그따위로 하려면 내과지원 포기해. 어디서 얼굴만 믿고
까불어?'

어젯밤부터 오늘까지 최태영에게 들었던 말이다.

더구나 내과담당 교수인 김철민 과장의 앞에서 자신을
두고 했던 말은 그렇지 않아도 한 성깔 하는 한서영의 분
노를 폭발하게 만들었다.

'네가 실력이 그 모양이니 간호사들이나 환자들이 너를
피하는 거야. 차라리 의사 포기하고 화류계로 나가지? 네
얼굴이면 의사보다 돈 더 많이 벌 수 있을 것 같은데?'

한서영이 입원환자 한명의 팔에 정맥주사를 놓는 것을
연거푸 실수하자 최태영이 빈정거린 것이었다.

결국 한서영이 참지 못했다.

'야! 이 개자식아, 니가 자꾸 내 엉덩이를 만져서 그렇게 된 거잖아?!'

한서영이 환자의 정맥에 바늘을 밀어 넣을 때, 한서영의 뒤에서 정맥주사기 사용을 바라보고 있던 최태영이 엉덩이를 만져서 놀란 한서영이 실수한 것이었다.

최태영의 놀란 얼굴이 아직도 한서영의 머리에 떠올랐지만 한서영은 그런 최태영을 절대로 용서하고 싶지 않았다.

최태영에게 화를 낸 이후 한서영은 아차 싶었다.

앞으로 최태영의 갈굼이 더 심해질 것이라는 것은 불 보듯 뻔했기 때문이었다.

하지만 그렇다고 최태영에게 머리를 숙일 생각은 없었다.

오히려 더 오기가 생긴 한서영이었다.

"앞으로 10년 안에 최태영 너를 내 발아래 두고 내가 자근자근 갈궈 줄게. 니가 주사 놓을 때 니 엉덩이의 똥꼬를 아예 꿰매 줄 거야. 처먹은 것이 똥이 되어 다시 입으로 나오게 만들어 줄게. 기다려라 최. 태. 영."

한서영이 마치 눈앞에 최태영이 있는 것처럼 쏘아보았다.

혼잣말로 중얼거린 한서영이 힐끗 거실을 둘러보았다.

좀 전에 퇴근하며 사온 음식 재료와 홧김에 술이라도 한 잔 해야 마음이 풀어질 것 같아서 사온 술이 담긴 비닐봉투가 보였지만 정작 집에 도착하니 술 생각은 싹 사라졌다.

 그저 씻고 빨리 잠을 자고 싶은 생각뿐이었다.

 힘겹게 몸을 일으킨 한서영이 자신의 침실인 안방으로 들어갔다.

 안방의 조명을 밝히고 시계를 새벽 5시에 맞게 알람을 조절하고 옷을 갈아입었다.

 옷을 벗으면서 한서영은 자신의 속옷 냄새를 맡아보았다.

 퀴퀴한 땀 냄새가 나진 않는지 불안했기 때문이었다.

 하지만 한서영의 옷에서는 별다른 냄새가 나지 않았다.

 의사를 꿈꾸는 인턴은 늘 잠이 모자란다.

 전문의들 중 수련의로 통칭되는 인턴을 해학적으로 표현한 한 전문의의 말도 있었다.

 '인턴의 다른 이름은 삼신(三神)이라고 불러도 될 것이다. 잠잘 곳을 찾아내는 것은 귀신이고, 밥을 먹을 때는 걸신처럼 먹는다. 정작 일을 하려면 등신이 되니 이것이 삼신이다.'

인턴은 의사의 면허를 가지고 있긴 하지만 정작 의사가 할 일을 하지 못한다.

인턴에게 정해진 일은 없다는 의미였다.

어쩔 때는 청소부가 되어야 하고, 어쩔 때는 간호사의 보조가 되기도 하며, 또 어쩔 때는 기계를 수리하거나 힘든 잡부의 일도 해야 한다.

그런 상황이니 늘 피곤하고 힘든 것이 바로 인턴이었다.

한서영이 옷을 모두 벗고 욕실로 들어섰다.

안방의 욕실이니 침실 밖으로 나갈 일도 없었다.

좌아아아아아아아아—

욕실의 욕조에 뜨거운 물을 채웠다.

7월이었기에 시원한 물로 목욕을 하고 싶었지만, 한서영은 찬물보다는 뜨거운 물을 더 좋아했다.

찬물에 목욕을 하면 몸은 상쾌하지만 잠은 달아난다는 것을 잘 알고 있는 한서영이었다.

욕조에 물이 가득 담기자 머리를 틀어 올린 한서영이 그대로 물속으로 들어갔다.

늘씬한 한서영의 몸매는 의사라고 할 수 없을 정도로 아름다운 몸매였다.

신이 세상을 창조할 때 가장 심혈을 기울여 세상에서 가장 아름답게 만든 것이 여자라는 말이 실감날 정도로 아름다운 한서영의 몸이었다.

욕조에 등을 기대고 길게 누운 한서영의 입에서 나직한 탄성이 흘렀다.

"아! 역시 집이 제일 좋아."

오랜만의 목욕이었기에 한서영의 입에서 저절로 기분 좋은 미소가 떠올랐다.

한서영의 목욕시간은 그다지 길지 않았다.

늘 한서영이 목욕을 시작하고 마치는 시간은 15분 정도로 짧다고 할 수 있었다.

막 욕조에 몸을 뉘인 한서영의 눈이 스르르 감겼다.

그때였다.

후우우우우우우웅─

한서영의 귀로 이상한 소리가 들려왔다.

한서영의 눈이 번쩍 떠졌다.

"이게 무슨 소리야?"

한서영의 맑은 눈이 깜박였다.

순간 한서영의 눈이 커졌다.

후웅─

욕실의 한쪽에서 눈을 뜰 수 없을 정도로 너무나 강한 빛이 터져 나오고 있었다.

"이…이게…….'

한서영은 머리칼이 곤두서는 느낌이었다.

후우우우우우웅─

한서영의 눈에 비친 빛은 푸른색과 황금색이 섞여 있는 기묘한 빛이었다.

"꺅!"

한서영이 자신도 모르게 비명을 질렀다.

순간 한서영의 눈이 찢어질 듯 부릅떠졌다.

눈이 멀어버릴 것 같은 빛 속에 긴 머리를 풀어헤친 한 사람의 그림자가 반듯하게 앉아 있는 것이 보인 것이다.

그것을 본 한서영의 눈이 하얗게 까뒤집어졌다.

"아! 니기미 시발… 귀신…….."

인턴이긴 하지만 병원에서 사람이 죽어나가는 것은 수없이 본 한서영이다.

의사의 신분이라고 해도 사람이 죽는다는 것은 언제나 두려운 일이었고, 죽은 시신이나 참혹한 사고를 당한 환자를 볼 때면 오금이 저릴 정도로 무섭다는 것을 느꼈다.

그 때문에 한서영은 간혹 시체 안치실에 다녀와야 하는 잡일을 떠맡게 될 때는 행여 귀신이라고 보게 되는 것은 아닌지 무서워했다.

다행히 늘 시체 안치실에는 한서영 혼자 가는 것이 아니라 다른 인턴들과 동행을 하는 경우가 대부분이었기에 두려움을 덜 수가 있었다.

하지만 지금은 한서영 혼자 귀신을 본 것이었다.

털썩―

꼬르르르르륵.

보글보글.

한서영이 욕조에서 나오지도 못하고 그대로 욕조 안에서 까무러치며 물속으로 얼굴까지 잠겼다.

아무것도 입지 않은 한서영이 물속에서 뽀르르 거품을 피워 올리고 있었다.

그녀의 긴 머리칼이 얼굴 주변과 몸을 가리면서 물속에서 흐늘거리고 있었으니, 정작 다른 사람들이 이런 한서영의 모습을 본다면 까무러칠 정도로 괴기한 모습이었다.

한편 엄청난 빛과 함께 나타난 사람은 열려진 천공불진의 공간으로 사라진 김동하였다.

빛과 함께 나타난 김동하의 모습은 참으로 기묘했다.

전신에는 실오라기 하나 걸치지 않은 모습이었고, 결혼을 하지 않았기에 뒤쪽으로 땋아서 내린 도령머리는 산발이 되어 있었다.

하긴, 지금의 김동하의 모습은 한서영이 까무러칠 만큼 놀랍고 기괴한 모습이었다.

빛은 한동안 김동하의 주변을 비추다가 천천히 김동하의 몸속으로 스며들 듯 사라졌다.

빛이 사라지자 좌정을 하고 있던 김동하가 눈을 떴다.

김동하의 눈 속에서 황금빛의 빛이 잠시 피어올랐다가

천천히 지워졌다.

눈을 뜬 김동하가 놀란 얼굴로 주변을 살폈다.

사방 1장(3m)가 되지도 않은 좁은 방안에 환한 불빛이 밝혀져 있었다.

김동하의 눈에 제일 먼저 들어온 것은 한쪽 벽의 위쪽에 달려 있는 빛을 내는, 둥근형태의 용도를 알 수 없는 쇳덩이(샤워기)의 모습과 매끈한 돌(타일)로 사방이 막힌 벽, 그리고 그다지 높지 않은 천정에서 눈이 부실 듯 빛을 밝히고 있는 기묘한 물체(전등)였다.

다른 한쪽 벽에는 재질을 알 수 없는 형태의 오목조목한 병(샴푸, 린스)등이 올려 진 선반이 보였고, 그곳에서 약간 떨어진 곳에 놓인 항아리(변기)의 모습도 보였다.

그 옆쪽으로 석자(90cm)는 훨씬 넘을 것 같은 너무나 깨끗한 면경(거울)의 모습이 보였다.

면경은 김동하에게는 충격적일 정도로 깔끔했다.

동경을 수천 번 문지르고 닦아도 저런 면경은 만들 수 없을 것이었다.

면경의 표면에는 물방울이 달라붙어 있었고, 어디선가 희미한 진동음(환풍기음)도 들려오고 있었다.

"여기가 어디란 말인가? 천공불진의 안쪽에 이런 것들이 놓여 있다니……."

자리에서 벌떡 일어서던 김동하의 눈에 자신이 앉아 있

던 곳에서 무언가 툭 떨어지는 것을 보았다.

"이런……."

김동하가 자신의 몸에서 떨어진 것 같은 물건을 집어 올렸다.

동시에 자신이 실오라기 하나도 걸치지 않은 알몸이라는 것을 그제야 자각했다.

"허허. 참으로 난감하구나."

알몸의 상황에서 바깥으로 나갈 수는 없는 일이었다.

이곳을 나가는 즉시 입을 옷을 구해야 했다.

난감한 표정을 짓던 김동하가 자신의 손에 들린 것을 바라보았다.

그것은 하나의 길쭉한 손잡이와 같은 자루였다.

"이건 불자(佛子)가 아닌가?"

김동하는 스승인 해원스님이 종종 예불을 드릴 때 법기(法器)로 사용하는 불자를 보았기에 단번에 자신이 집어 올린 것이 무엇인지 알았다.

불자는 불진(佛塵)이라는 이름으로도 불리는 물건으로, 원래는 말총과 같은 긴 털을 막대에 묶어서 예불 중 벌레 따위를 쫓아내는 용도로 사용했다.

하지만 지금 김동하가 들어 올린 것은 말총과 같은 것은 달려 있지 않은, 그야말로 아무런 장식도 없는 불진의 자루일 뿐이었다.

그때였다.

꼬르르르륵―

보글보글.

김동하의 귀에 물방울이 터지는 소리가 들려왔다.

김동하의 눈이 껌벅였다.

"이게 무슨 소리인가?"

불진을 살피던 김동하의 눈이 돌아가는 순간 김동하의 입이 쩍 벌어졌다.

벽 쪽에 놓인 외양이 둥근 상자와 같은 곳에 한 여인이 머리를 산발한 채 물속에 잠겨 있는 것이 보였다.

"이, 이런……."

김동하가 재빨리 한서영에게 달려들었다.

한서영의 팔을 잡고 당겨 올리자 너무나 가볍게 그녀가 물속에서 빠져 나왔다.

한서영은 눈을 꼭 감고 있었다.

"여보시오! 낭자, 낭자! 허어, 이것 참."

김동하가 놀란 표정으로 한서영을 바라보았다.

한서영의 긴 머리칼은 그녀의 얼굴에 찰싹 달라붙어 있었기에 마치 물귀신이 막 물에서 빠져 나온 것 같은 모습이었다.

한순간 김동하의 얼굴이 시뻘겋게 변했다.

봉긋하게 솟아 있는 한서영의 가슴이 눈에 들어온 것이

었다.

김동하로서는 살아생전 처음으로 젊은 여자의 소중한 곳을 보았기에 가슴이 철렁 내려앉았다.

김동하가 자신도 모르게 한서영을 다시 밀었다.

첨벙—!

꼬르르르르르—

한서영은 김동하가 밀자 다시 욕조 속으로 풍덩 빠져 들어갔다. 김동하가 주변을 재빨리 돌아보았다.

이곳을 나갈 수 있는 구멍이 어딘지를 찾았지만 나갈 구멍도 없었다.

하얀색의 벽에 기묘하게 생긴 갈고리(문손잡이)같은 것이 달려 있었지만 그것이 무엇을 하는 용도인지 알 수가 없었다.

"이, 이런……."

주변을 둘러보던 김동하의 눈에 쇠막대 같은 것에 걸린 부드러운 천들이 보였다.

또한 그 옆에는 안쪽이 훤히 들여다보이는 작은 상자(욕실 캐비넷)가 보이고 있었다.

김동하가 재빨리 일어서서 천을 뽑았다.

그리고는 다시 욕조 속에서 한서영을 들어올렸다.

이번에는 한서영의 모습을 보지 않기 위해서 눈을 질끈 감고 있었다.

좌악—

한서영을 단번에 들어 올린 김동하가 한서영을 욕실 바닥에 눕혔다. 그리고는 쇠막대에서 뽑아낸 부드러운 천을 한서영의 몸에 덮었다.

보기에 민망한 한서영의 가슴을 가려준 것이었다.

한서영의 가슴을 가린 김동하가 조심스레 시선을 한서영에게 돌렸다가 황급히 눈을 다시 감았다.

김동하가 보아서는 안 되는 곳은 한서영의 가슴뿐만이 아니었던 것이다.

당황한 김동하가 벽에 달린 상자를 당겼다.

재빨리 안쪽에 채워진 천을 다시 꺼내어 한서영의 몸을 덮었다.

그제야 김동하의 얼굴에 살짝 안도감이 들었다.

김동하가 혀를 찼다.

"아니, 어떤 처자이길래 칠칠치 못하게 이리도 난감한 모습으로 물속에 빠져 있단 말인가? 거 참."

말을 하던 김동하의 눈이 깜박였다.

"물속에 잠겨 있었으니 물을 먹었을 것이 틀림없겠구나."

김동하가 한서영의 입을 살짝 벌렸다.

순간 한서영의 입으로 욕조의 물이 쪼르르 흘러나왔다.

동시에 한서영의 숨이 단번에 고르게 변하고 있다는 것

을 느꼈다.

 잠시 한서영의 얼굴을 바라보던 김동하의 얼굴이 시뻘겋게 변했다. 자신도 옷을 걸치지 않았다는 것을 다시 느낀 것이었다. 조심스럽게 한서영의 몸을 가리고 있던 천중에 하나를 뽑아서 자신의 몸을 가렸다.

 수치스럽게도 중요한 곳만 겨우 가릴 수 있는 크기였기에 김동하의 얼굴에 살짝 홍조가 떠올랐다.

 김동하가 자신의 몸을 가리고 한서영을 바라보았다.

 김동하의 눈빛이 살짝 흔들렸다.

 한서영이 전혀 정신을 차리지 못하고 있다는 것을 느낀 것이다.

 일단 이곳이 어딘지 알아야 어찌할 방도가 생긴다는 것을 깨달았다.

 김동하가 잠시 한서영의 얼굴을 바라보았다.

 죽지는 않겠지만 정신을 잃은 상황이었기에 한서영의 볼을 톡톡 쳤다.

 "여보시오, 낭자! 낭자!"

 툭툭―

 한서영의 얼굴을 바라보며 김동하가 정신을 차리게 하기 위해서 가볍게 뺨을 쳤다.

 '야! 이 개자식아! 너 오늘 죽어봐라.'

'아니, 서영아! 그게 아니라 잠시 진정을 좀 하고⋯⋯.'

선배 최태영이 땀을 뻘뻘 흘리며 한서영의 앞에서 통사정을 하고 있었다.

한서영은 자신의 방에 알몸으로 뛰어 들어온 최태영을 향해 손에 집히는 것은 모두 집어 던졌다.

한서영이 아끼는 향수병과 생수병, 청진기, 주사기 등 손에 집히는 것은 모두 집어 던졌다.

한서영의 손에 의해 집어 던져진 것은 모두 최태영의 몸에 맞았다.

엉덩이와 가슴팍에 주사바늘이 꽂힌 주사기가 대롱대롱 매달려 있었고, 최태영이 이리저리 몸을 움직일 때마다 크게 흔들리고 있는 모습이었다.

또다시 한서영이 던진 주사기 하나가 날아가 이번에는 최태영의 얼굴에 꽂혔다.

알몸인 상태에서 두 손으로 소중한 곳만 겨우 가린 최태영의 비명소리가 들렸다.

'악! 서영아, 제발 용서해줘!'

'시발놈! 너는 이제 엿 된 거야. 아예 모가지를 잘라줄게. 아니, 아예 고자로 만들어줄게. 니가 뭔데 내 방에 뛰어 들어와?'

던질 것을 찾던 한서영의 눈에 책상 위에 올려둔 메스가 들어왔다.

메스의 손잡이를 잡자 차갑지 않고 따뜻한 느낌이 들었지만 그래도 상관없었다.

한서영이 그대로 메스를 집어 던졌다.

픽—

쉬익—

메스가 은빛의 광채를 번득이며 그대로 최태영의 몸으로 날아갔다.

메스가 날아가는 방향은 최태영이 두 손으로 감싸고 있는 남자의 소중한 곳이 있는 위치였다.

한서영이 차갑게 웃었다.

'넌 뒈졌어요, 시발놈아! 히히.'

그때였다.

티잉—

한서영이 최태영을 향해 날린 메스가 그대로 최태영의 손을 맞고 한서영의 얼굴로 돌아왔다.

'어머. 그게 방탄이었어?'

한서영의 얼굴이 굳어지고 있었다.

한서영의 얼굴을 툭툭 치던 김동하의 눈이 커졌다.

"이 처자가 미친 건가? 웃기도 하다가 이번에는 놀라기도 하네? 허허, 그 참!"

김동하가 다시 한번 한서영의 얼굴을 건드렸다.

"이보시오. 낭자! 낭자!"

툭툭—

김동하가 두어 번 더 한서영의 뺨을 건드리자 한서영이
눈을 희미하게 떴다.

"으음~"

눈을 뜨는 한서영의 두 눈에 가득 들어온 것은 천정에서
쏟아지는 불빛이었다.

그것은 한서영에게는 너무나 익숙한 것이었다.

밤에 자신의 파트일이 끝나면 어디든 눈을 붙일 곳이 필
요했던 인턴으로서의 고단함은 항상 눈이 부시는 선잠으
로 깨어난다.

한두시간만이라도 잠을 자두는 것이 인턴으로서의 고단
함을 최소한으로 면하는 것이었다.

"선…선배… 조금만 더……?"

한서영은 다시 눈을 감으려다 무언가 이상하다는 것을
느꼈다. 자신이 아파트로 돌아왔다는 것을 그제야 느낀 것
이었다.

번쩍—

한서영이 놀란 얼굴로 눈을 떴다.

그런 한서영의 눈앞에 머리를 산발한 한명의 사내가 자
신을 내려다보고 있는 것이 보였다.

"아이, 시발… 또 귀신……."

꼴까닥―

한서영의 눈이 하얗게 까뒤집히며 다시 정신을 잃었다.

다시 정신을 잃은 한서영을 김동하가 난감한 얼굴로 바라보았다.

"날 보고 귀신이라니… 이런 황당한 낭자가 있나? 자기가 더 귀신같은 모습이구만 날더러 귀신이라니……."

김동하가 잠시 한서영을 내려다보다가 해동무의 절기 중 탄정(坦精)이라는 절기를 생각해 냈다.

말 그대로 정신을 부드럽게 다스리는 기술이다.

하지만 해동무가 불교에서 파생된 무술이기에 모든 절기의 명칭에는 온화하고 부드러운 이미지를 담고 있었지만, 실제 탄정은 죽어가는 사람의 심맥을 건드려 정신을 되돌리게 만드는 강인술이다.

고문이나 죽을 것 같은 고통 속에서도 정신을 잃지 않게 하는 기예로, 어떤 면에서는 잔인하다고 할 수 있었다.

자신의 팔이나 다리가 잘려서 죽을 것 같은 고통을 느끼지만 절대로 정신을 잃지 않게 하는 것이 바로 탄정이다. 김동하가 한서영의 얼굴을 잠시 내려다보다가 양쪽 관자놀이를 누르고 양쪽 눈썹사이의 미간을 누른 뒤, 코의 아래 인중과 양쪽 귀 아래쪽을 연속해서 눌렀다.

김동하는 정신을 잃은 한서영의 혈을 누르다 한서영이 참으로 아름다운 여인이라는 것을 느꼈다.

말투가 조금 거칠지만 얼굴의 살결은 그야말로 어린 아기의 살결처럼 부드럽고, 속눈썹이 너무나 길어서 저절로 탄성이 흘러나올 정도였다.

"허허. 미모로 따진다면 나의 누이인 종희도 부러워 할 정도이구나."

나직하게 말한 김동하가 이내 마지막으로 한서영의 백회혈을 가볍게 눌렀다.

깊게 누르면 단번에 숨이 끊어질 너무나 중요한 위치의 혈 자리였다.

아버지가 전해주신 의서에도 백회에 대해서는 구구절절이 그 혈의 소중함을 설명하고 있었기에, 백회의 중요함은 너무나 잘 알고 있는 김동하였다.

잠시 후.

"흐음……."

다시 정신을 잃었던 한서영이 눈을 떴다.

또다시 그녀의 눈에 머리를 산발한 사내 한명이 보였다.

"꺄악! 귀신……."

한서영은 이번에도 정신을 잃을 정도로 놀랐지만 머릿속이 너무나 맑고 깨끗한 느낌이었다.

한서영의 귀로 머리를 산발하고 알몸(?)인 귀신의 목소리가 들려왔다.

"놀라지 마시구려. 낭자! 나는 귀신도 아니고 반가의 처

172

자를 희롱하는 난봉꾼도 아니오."

한서영의 얼굴이 하얗게 질렸다.

그제야 자신이 목욕을 하던 중 욕실의 한 켠에서 환한 불이 비치던 것을 기억해 냈다.

"다, 당신 누구에요?"

황급히 몸을 일으키던 한서영이 다시 비명을 질렀다.

"꺄악!"

자신의 몸 위에 덮여 있던 수건이 떨어지면서 그녀의 몸이 다시 그대로 드러난 것이었다.

김동하가 황급히 머리를 돌렸다.

한서영이 뾰족한 비명으로 소리쳤다.

"보지 마! 보지 말아요!"

김동하가 입을 열었다.

"나 역시 낭자의 모습을 보기 민망하니 어서 몸을 가리도록 하시오."

김동하의 말에 한서영이 재빨리 타월로 몸을 가렸다.

타월을 이용해 자신의 몸을 감는 한서영의 손이 덜덜 떨리고 있었다.

한서영이 대충 몸을 가린 채 입을 열었다.

"제…제발 이곳에서 나가주세요."

머리를 돌린 김동하가 물었다.

"어디로 나가란 말이오? 나가는 문이 없는데……."

"저, 저기로 나가요."

한서영이 손으로 욕실의 문을 가리켰다.

하지만 등을 돌리고 있는 김동하는 한서영이 말하는 방향이 어딘지 몰랐다.

"어디로 말이오?"

김동하는 욕실 안의 색과 문의 색이 같은 색이었기에 전혀 욕실의 입구를 알 수가 없었다.

함부로 벽을 부수고 나가는 것도 생각했지만, 이곳이 어딘지 모르는 이상 그럴 수도 없었다.

한서영이 재빨리 일어나 욕실의 문을 열었다.

벌컥—

문이 열리자 한서영이 마치 도망을 치듯 욕실 밖으로 달려 나갔다.

김동하는 한서영이 문을 열자 놀란 듯이 눈을 껌벅였다.

"허허. 기묘하구나."

문을 열 때 전혀 소리가 나지 않았다는 것도 이상했고, 갈퀴 모양의 쇳덩이를 아래로 당기자 나갈 곳이 생겼다는 것도 신기했다.

욕실 밖으로 뛰어나온 한서영의 얼굴은 그야말로 귀신에 홀린 것처럼 하얗게 질려 있었다.

심장이 떨리고 가슴은 터질 듯이 뛰었다.

그때 그녀의 뒤를 따라 김동하가 욕실에서 걸어 나왔다.

174

"오, 오지 말아요. 필요한 게 있으면 가져가요. 하지만 날 건드리면 신고할 거예요."

한서영은 자신의 집에 하다못해 골프채 하나 없는 것이 지금 이 순간 너무나 후회가 되고 있었다.

어린 시절부터 미모가 남달랐던 탓에 자신을 지켜야 한다는 아버지의 뜻에 따라 태권도 도장에 다니며 제법 태권도 실력도 키웠던 한서영이다.

고등학교 졸업하기 전까지 한서영은 또래 남자들도 함부로 할 수 없을 정도로 태권도 3품의 실력까지 쌓았다.

대학시절 한서영이 그토록 당당했던 이유도 쉽게 남자에게 당하지 않는다는 자신감이 있었기 때문이었다.

하지만 지금은 몸을 움직일 수도 없었다.

상상도 하지 못했던 공포심으로 마치 온몸이 돌처럼 굳어버린 느낌이었다.

김동하는 욕실 밖의 풍경이 너무도 놀랍고 신기해서 한동안 움직이지 못하고 주변을 바라보고 있었다.

욕실 밖의 풍경은 욕실 안의 풍경과는 너무 달라서 어리둥절한 느낌이 들었다.

자신이 살 때에는 작은 양초만으로 불을 밝혔지만, 이곳은 양초가 아닌 신기한 불빛으로 대낮처럼 환하다는 것도 이상했고, 욕실 밖으로 나온 뒤에 콧속으로 스며드는 향기도 참으로 좋았다.

정심암의 암자 객방에서 풍겨지던 퀴퀴한 냄새와는 달리 이곳에는 어린 시절 어머니의 품에서 간혹 맡아 보았던 규방여인의 분 내음 같은 은은한 향기가 풍겼다.

더구나 그로서는 처음으로 보는 화려한 여인의 옷과 전기기구 등이 너무나 생소하였다.

김동하가 입을 열었다.

"이곳은 도대체 어디오?"

한서영이 한쪽으로 물러서며 침대 옆쪽에 놓아둔 알람이 맞춰진 탁상시계를 들었다.

하지만 이내 시계를 내려놓고 벽 쪽에 세워진 청소기를 집어 들었다. 집에 자주 들르지 못하였기에 그다지 사용한 적도 없었던 무선청소기였다.

무기로 사용할 것이 없으니 이것이라도 무기로 사용해야 한다는 생각뿐인 한서영이었다.

한서영이 청소기를 들고 김동하를 겨냥했다.

"가까이 다가오면 후려칠 거예요. 그리고 여자라고 깔보면 혼날 거예요. 난 태권도 유단자란 말이에요."

한서영은 대학시절 그만두었던 태권도 수련을 후회하고 있었다. 좀 더 태권도를 익혔다면 어쩌면 지금과 같은 상황에서도 당당하게 대처할 수 있었을 거라는 생각이 들었기 때문이었다.

김동하가 한서영을 바라보았다.

욕실에서의 모습과는 달리, 타월로 몸을 가리고 무언가를 들고 있는 지금의 모습이 제법 강단 있어 보인다는 느낌이 들었다.

김동하가 입을 열었다.

"이곳이 어딘지 가르쳐 주지 않겠소?"

한서영이 대답했다.

"어디긴 어디에요? 내 집이지. 그냥 이대로 나가 준다면 없던 일로 해줄게요. 그러니 그냥 나가주세요. 그리고 필요한 것이 있다면 가져가도 좋아요. 하지만 날 건드린다면 후회하게 될 거예요."

김동하가 물끄러미 한서영을 바라보다 입을 열었다.

"난 가져갈 것도 없고 낭자를 건드리고 싶은 생각도 없소. 하지만 이곳이 어딘지 알고 싶소이다."

한서영은 김동하의 말투가 너무나 이상했지만, 겁에 질려 그것을 깊이 생각할 여유도 없었다.

한서영이 물었다.

"도대체 당신은 누구에요? 여긴 어떻게 들어온 거예요? 아까 그 이상한 빛은 뭐죠?"

한서영이 청소기를 고쳐 잡고 눈을 치켜떴다.

김동하가 머리를 갸웃하며 잠시 생각에 잠겼다. 자신이 어떻게 이곳에 도착한 것인지 그 역시도 알지 못했다.

또한 자신이 이곳에 도착했을 때 자신의 몸에서 빛이 흘러 나왔다는 것도 자각하지 못했다.

욕실 밖은 파우더 실이었다.

파우더 실을 거치면 바로 안방 침대가 있는 곳이었고, 한서영은 지금 안방 자신의 침대 옆에 서서 청소기를 든 채 김동하를 하얗게 질린 얼굴로 바라보고 있었다.

김동하가 서 있는 곳은 욕실의 바깥쪽 파우더 실의 입구였다.

김동하가 대답했다.

"나도 이곳에 어찌 오게 된 것인지 알지 못하오. 다만 스승님으로부터 천공불진을 열 것이라는 말만 들었을 뿐이오. 사부님의 말대로 무심결을 외웠을 뿐이었는데 눈을 떠보니 이곳이었소."

한서영이 눈을 껌벅였다.

"천공불진? 사부님? 무심결이라고요? 그게 뭐죠?"

한서영은 김동하의 말이 현대의 사람들이 사용하는 말이 아니라는 것을 단번에 알았다. 하지만 그렇다고 경계심을 풀어놓을 수는 없는 일이었다.

하지만 그것을 물어보진 못했다.

"그게 무슨 말이에요? 도대체 어디서 온 것인가요?"

김동하가 잠시 생각하다가 입을 열었다.

"나는 돈의문 밖 충현에 살고 있는 어의 김정선의 장자 김동하라 하오. 피치 못할 사정이 있어서 인왕산에서 은둔

하고 있던 중 천공불진의 힘을 빌려 이렇게 이곳에 왔소이다."

한서영의 얼굴이 굳어졌다. 그녀의 귀에 김동하의 말은 귀신이 씻나락 까먹는 것 같은 황당한 소리로 들리고 있었다. 그녀는 자신의 가방을 거실의 소파에 올려놓았던 것을 절실하게 후회하고 있었다.

가방 속에 자신의 전화기가 들어 있었기 때문이었다.

자신의 손에 전화기가 있었다면 당장이라도 경찰에 김동하를 신고할 수 있었을 것이었다. 만약 자신이 전화기를 가지러 가기 위해 안방을 나선다면, 김동하가 자신을 해칠 수도 있을 것이라고 생각했다.

더구나 김동하의 덩치는 170cm가 넘는 자신이라고 해도 위축감이 느껴질 정도로 장대한 느낌이었다.

타월로 하반신을 가리고 있지만 드러난 상체의 모습은 그야말로 황소도 단방에 때려죽일 것처럼 탄력 있는 근육으로 가득했다.

만약 미친놈처럼 산발을 하지 않았거나, 알몸상태가 아니라면 어느 정도 진정하고 김동하를 설득해 내보낼 수 있었을 마음이 생겼을지도 몰랐다.

하지만 지금의 김동하는 오직 음흉한 생각으로 여자 혼자 사는 집에 황당하고 놀라운 모습으로 숨어 들어온 괴한이자 흉포한 범죄자의 모습일 뿐이었다.

한서영이 큰 눈을 치켜뜨며 입을 열었다.

"이, 인왕산이라면 이곳에서 멀지 않을 거예요. 홍제동은 버스를 타면 30분이면 갈 수가 있어요."

"30분?"

김동하는 한서영이 말하는 30분이라는 시간의 개념을 몰랐다. 한 시진은 현대에서 2시간을 의미한다. 반 시진은 1시간, 일각이면 15분 정도의 시각이었지만 현대에서 초분단위로 시간을 나눈다는 것을 알지 못하는 김동하였다.

한서영이 더듬거렸다.

"걸어가도 충분히 갈 수 있는 거리란 말이에요."

김동하의 눈이 커졌다.

천공불진을 열고 그 공간을 이용해서 도착한 곳이 바로 지척이라는 것에 가슴이 벌떡이는 느낌이었다.

"저, 정녕 그러하오? 여기서 인왕산이 지척이란 말이오?"

한서영이 머리를 끄덕였다.

"물론이에요. 그러니 지금 당장 이곳에서 나가주세요. 제발요."

김동하가 머리를 끄덕였다.

"물론이오. 인왕산이 지척인데 내 어찌 이곳에 머물겠소?"

김동하가 막 침실 쪽으로 나가려다 파우더 실에 걸린 거울을 보았다. 순간 김동하의 얼굴이 굳어졌다. 머리칼이 산발이 되었다는 것을 그제야 자각한 것이었다.

"스승님이 보신다면 기함을 하시겠구나."

잠시 자신의 모습을 바라보던 김동하의 눈에 파우더 실의 화장대 위에 놓인 한 개의 끈이 보였다.

한서영이 목욕을 하거나 머리를 손질할 때 사용하는 끈이었다.

김동하가 말없이 끈을 집어 들려다 머리를 갸웃했다.

화장대 위에는 어디에 사용하는 것인지 알 수가 없는 신기한 물건들이 참으로 많았다. 더구나 머리를 말릴 때 사용하는 드라이기와 머리 빗을 비롯해서 여성용품들이 가득하게 놓인 것을 보며 김동하의 눈빛이 반짝였다.

하지만 이내 머리를 흔들었다. 한시바삐 인왕산의 암자로 돌아가야 한다는 생각밖에 없었다.

김동하로서는 지금의 상황이 마치 꿈을 꾸는 것처럼 현실로 느껴지지 않았다.

자신이 옷을 하나도 걸치지 않은 알몸의 상태라는 것과 어딘지도 모를 이상한 장소에 처음 보는 알몸의 여인과 대치하고 있다는 것이 믿어지지 않았던 것이었다.

하지만 이런 몰골로 나간다면 그 민망함은 자신에게 감당하지 못할 곤욕을 안겨줄 수 있다고 생각했다.

잠시 끈을 들었던 김동하가 자신의 머리를 뒤로 묶어 질끈 끈으로 동여맸다. 산발이 되었던 김동하의 머리칼이 단번에 정리가 되었다.

거울 속의 자신의 모습을 본 김동하가 탄성을 흘렸다.

"참으로 기막힌 면경이구나. 이런 것을 어머니와 종희에게 가져다 줄 수 있다면 얼마나 좋아할지 모르겠군 그래."

몸을 돌리려던 김동하는 자신의 상태가 아랫도리만 겨우 수건으로 가리고 있고, 윗옷은 전혀 걸치지도 않은 상황이라는 것을 자각했다.

살짝 얼굴이 붉어지는 느낌이 들었다.

김동하가 한서영을 바라보며 미안한 표정을 지었다.

"남녀가 유별한데 의도치 않게 낭자와 민망한 모습으로 대면하였소. 내 비록 정통 사대부의 후예는 아니나, 이 일로 인해 낭자에게 수치를 안겨준 점에 대해 후안무치하게 없던 일로 해 달라는 말은 하지 않을 것이오. 낭자가 원한다면 지금의 이 상황에 대해서 소생의 부모님께 아뢰어 정식으로 이 일에 대해 책임을 질 수도 있습니다. 허나 지금은 소생의 상황이 시급하여, 급히 소생의 거처로 돌아가 봐야 할 것 같소이다. 훗날 정식으로 낭자에게 사죄를 드리겠소."

김동하의 말에 한서영이 눈을 껌벅였다.

머리를 산발할 때는 귀신의 모습처럼 보였던 김동하의

지금의 모습은 너무나 달라 보였다.

마치 아름다운 한명의 여인이 자신의 앞에 서 있는 듯 아름다운 김동하의 얼굴이 드러난 것이다. 하지만 그렇다고 해도 김동하가 무섭고 두려운 것은 변함이 없었다.

청소기를 움켜쥐고 있는 한서영의 손에 땀이 고였다.

"무슨 말을 하는 거예요? 누가 누굴 책임진다고요?"

김동하가 미안한 표정을 지었다.

"아무리 군자의 도리가 무색하다고 하여도 반상의 율법이 유교의 도리를 좇고 있으니, 사내대장부로서 비겁하게 책임을 회피하지 않는다 하였소. 낭자께서 관아에 고한다고 해도 나무라지 않을 것이며, 지금의 이 일에 대해서는 당연히 장부로서 책임을 질 것이라 하였소."

한서영이 머리를 흔들었다.

"아! 그냥 그런 건 모르니까 그냥 무조건 이곳에서 나가 주시면 되는 거예요."

한서영은 당장 김동하가 이곳을 떠나주기를 바랬다.

김동하가 머리를 끄덕였다.

"알겠소, 그리하지요. 다만 지금 소행의 몰골이 민망하니 낭자의 부친이나 오라비라도 계신다면 그 분들의 옷을 잠시 빌려주길 청하오."

한서영이 눈을 깜박였다.

한서영의 눈에도 김동하의 지금 모습은 참으로 민망하기

그지없었다. 겨우 타월로 아랫도리만 감싸고, 머리는 뒤로 묶은 황당하고 우스운 몰골이었다.

한서영이 청소기로 한쪽을 가리켰다.

"저기 내가 입던 추리닝이 있으니 그것이라도 걸치고 나가요."

한서영은 침대 옆 옷걸이에 자신이 운동을 할 때 입던 트레이닝복이 걸려 있는 것을 청소기로 가리켰다. 김동하가 한서영이 청소기로 가리킨 옷걸이를 바라보았다.

마치 헝겊쪼가리 같은 옷이 옷걸이에 걸려 있었다.

김동하가 눈을 껌벅였다.

"이걸 입으란 말이오?"

한서영이 대답했다.

"당신한테는 작을지 모르지만 지금 우리 집에는 당신에게 줄 옷은 그런 것밖에 없어요. 그러니 그것이라도 걸치고 제발 나가주세요."

한서영의 목소리는 이제 애원에 가까웠다.

김동하의 눈이 살짝 찌푸려졌다.

품이 넓고 활동하기 편한 한복 복식의 옷이 아니라, 천쪼가리 같은 기묘한 형태의 옷을 걸치라는 것이 이해가 되지 않았다. 하지만 그것이라도 걸치지 않는다면 더욱 난감한 상황이 될 것이었다.

김동하가 잠시 트레이닝복을 바라보다가 어쩔 수 없다는

표정으로 그것을 집어 들었다.

한서영이 재빨리 말했다.

"안쪽으로 들어가서 갈아입어요."

한서영은 자신의 눈앞에서 김동하가 옷을 갈아입는 민망한 모습을 볼 수가 없었다.

아무리 사내처럼 대담하고 털털한 한서영이라고 해도 자신의 눈앞에서 외간 남자가 옷을 입는 것을 지켜볼 만큼 담대하진 않았다.

김동하가 잠시 한서영의 얼굴을 보다가 이내 파우더 실의 안쪽으로 들어가 옷을 갈아입었다.

한서영이 사용하는 트레이닝복의 색은 핑크색이었다.

핑크색은 한서영이 그다지 좋아하는 색이 아니었지만 두 살 아래 여동생인 한유진이 언니인 한서영을 위해서 골라준 트레이닝복이었기에 어쩔 수 없이 그것을 입고 있었다. 그런 핑크빛의 트레이닝복을 걸친 김동하가 파우더 실에서 걸어 나왔다.

순간 한서영은 자신도 모르게 실소가 터졌다.

"풋!"

김동하의 모습이 참으로 우스웠기 때문이었다.

트레이닝복의 하의는 민망할 정도로 김동하의 하체에 붙어 있는 모습이었고 기장이 짧아 종아리까지 바짓단이 올라와 있었다. 또한 상의 역시 길이가 짧고 몸에 꽉 붙었기에, 배꼽이 드러나고 가슴 위쪽으로는 지퍼도 올라가지 않은 모습이다.

두 소매는 팔뚝까지 드러날 정도로 짧고, 바지와 상의간의 간격이 근 10cm이상 떨어져 허리의 살이 그대로 드러났다. 김동하는 한서영이 실소를 터트리는 모습을 보며 이마를 찌푸렸다.

"여인들의 취미가 참으로 오묘하군요? 어찌 이리 민망하기만한 옷을 입는단 말이오?"

한서영이 김동하가 자신을 해치지 않을 것이라는 생각을 하게 된 것은 그가 파우더 실에서 자신의 요구대로 트레이닝복을 갈아입는 것을 보고 난 이후였다.

한서영이 잠시 김동하를 바라보다가 입을 열었다.

"당신의 말투나 행동으로 보아 사람을 해칠 정도로 나쁜 사람이 아니라는 것은 알겠어요. 하지만 무슨 이유로 그런 말투를 쓰는지 모르지만 너무 사극 같은 드라마를 많이 본 것 같네요. 일단 약속한 대로 신고는 하지 않겠어요. 대충 몸을 가렸으니 빨리 이곳에서 나가주세요."

김동하가 머리를 끄덕였다.

"그리하리다."

김동하가 주변을 두리번거렸다.

역시 나가는 방향을 모르는 구조였다.

한서영이 조심스레 김동하를 견제하며 침실의 문을 열

었다.

딸칵—

순간 거실의 모습이 드러났다. 김동하가 힐끗 한서영을 바라본 후 거실로 걸어 나갔다.

거실의 풍경 역시 김동하에겐 낯설고 처음 보는 물건들과 구조로 되어 있었다.

눈을 껌벅이던 김동하는 아파트의 창을 바라보았다.

"여, 여긴 어디오?"

아파트의 창밖으로 수많은 불빛으로 가득한 서울의 풍경이 보이고 있었기 때문이었다.

한서영의 아파트는 한강변인 서울 서초구 반포에 위치한 다인캐슬이라는 아파트였다.

더구나 한서영의 아파트 층수는 21층이었기에 한눈에 한강변과 강 건너 용산 일대의 모습이 눈에 들어왔다.

밤 9시가 넘어가는 시간이었으니 사방은 온통 화려한 불빛으로 가득했다.

김동하의 얼굴이 하얗게 질려가고 있었다.

"저, 저게 무엇이오?"

김동하의 뒤를 따라 조심스레 거실로 나온 한서영이 약간 떨어진 거리에서 김동하를 보며 입을 열었다.

"반포대교로 강을 건너면 인왕산까지 쉽게 가실 수 있을 거예요."

김동하가 다시 물었다.

"저것이 뭐냐고 물었소. 저 반짝이는 것들이 모두 무엇이오? 대체 여기는 어디인 것이오?"

김동하는 마치 밤하늘의 별들이 쏟아진 것 같이 너무나 환하게 불이 밝혀진 강 건너 용산의 모습을 바라보고 있었다.

잠시 김동하를 바라보던 한서영이 입을 열었다.

"자꾸 이곳이 어딘지 묻는데 이곳은 서울이에요. 그리고 그쪽이 말한 돈의문은 예전에는 그렇게 말했지만 지금은 그 이름 대신 서대문으로 통해요."

"서울? 서대문?"

김동하의 눈이 커졌다.

한서영이 김동하를 바라보며 머리를 끄덕였다.

"그래요. 서울. 예전에는 한양으로 불렀지요. 지금은 그 이름을 사용하는 대한민국 사람은 없어요."

김동하가 한서영을 돌아보았다.

"대한민국이라고 하셨소?"

한서영은 너무나 놀라고 있는 김동하의 얼굴을 보며 살짝 얼굴을 굳혔다.

아까 욕실에서 보았던 장면과 김동하가 처음 나타났던 장면 등이 믿어지지 않는 거짓말 같은 상황에서 시작되었다는 것을 잠시 떠올렸다.

한서영이 입을 열었다.

"한양은 예전 100년도 훨씬 전에 조선시대에 사용했던 서울의 이름이에요. 그 후 대한제국 시절 경성이라는 이름으로 바뀌었다가, 나중에 해방 후 서울이라는 이름으로 바뀐 거예요."

한서영은 간단하게 서울의 이름을 설명했다.

김동하가 눈을 치켜떴다.

"100년 전이라고 하셨소?"

김동하는 자신이 천공불진의 공간으로 들어간 이후 도착한 이곳이 조선시대를 100년 이상 뛰어넘어 서울이라는 이름으로 바뀐 도성이라는 것에 너무나 놀랐다.

김동하가 하얗게 질린 얼굴로 한서영을 보며 물었다.

한서영이 머리를 갸웃하며 대답했다.

"정말 지금이 어떤 시대라는 것을 모른다는 말이에요?"

김동하가 어금니를 깨물었다.

"나는…….."

김동하는 눈앞에 보이는 현실을 믿을 수가 없었다.

자신은 단지 사부님과 사숙이 시키는 대로 천공불진이라는 곳으로 들어가 좌정을 하고 있었을 뿐이었다.

길지도 않았고 잠시 한번의 무심결 운공만 한 것뿐인데 백년이 넘는 시대를 뛰어 넘었다는 것이 믿어지지 않았다.

김동하가 창으로 보는 곳으로 다가섰다.

창밖의 난간은 유리문이 닫혀있었기에 김동하가 난간으로 갈 수가 없었다.

더구나 아파트의 21층이라서 20장(60m)가 훨씬 넘는 높이였다. 이런 높이에 집을 지을 수 있다는 것도 놀랍고 경이로웠다. 한서영은 김동하의 얼굴 표정을 보며 김동하가 가식적으로 짓는 표정이 아니라는 것을 느꼈다.

한서영이 김동하가 창가로 다가서자 문을 열어 주었다.

시원한 강바람이 열려진 창을 통해서 안으로 흘러 들어왔다.

김동하가 나직한 목소리로 물었다.

"저 앞의 강이… 한수이오?"

아파트에서 내려다보이는 한강의 검은 물결 위로 강 건너편 용산에 우뚝 서 있는 건물들의 불빛들이 비치고 있었다. 더구나 예전에는 엄두도 낼 수 없는 한수 위로 몇 개의 다리가 세워져 조명을 밝히고 있는 것이 믿어지지 않았다.

한서영이 대답했다.

"한강이에요."

김동하의 눈이 흔들렸다. 눈앞에 보이는 별천지 같은 불빛도 그렇고, 과거에는 한수 주변에 인적도 별로 없었던 황량한 벌판이 지금은 저절로 입이 벌어질 정도로 높고 낮은 건물들로 가득했다.

김동하의 눈이 질끈 감겼다.

잠시 머릿속을 정리하던 김동하가 한서영을 바라보며 입을 열었다.

"낭자의 배려에 감사하오. 원치 않았던 상황에서 민망하게 만났지만, 그건 결코 나의 자의로 만들어진 의지가 아니었소이다. 훗날 낭자를 다시 만난다면 오늘의 이 호의는 내 잊지 않고 갚으리라."

말을 마친 김동하가 그대로 난간을 뛰어넘었다.

휘익—

"꺅!"

한서영의 입에서 자신도 모르게 비명이 터져 나왔다.

아파트의 높이는 21층이다.

이곳에서 뛰어내린다면 절대로 살아남지 못한다는 것을 누구보다 잘 알고 있는 한서영이었다.

말 그대로 스스로 목숨을 끊기 위해 투신을 한다고 해도 두려워 질만큼 까마득한 높이였다.

그런 높이에서 김동하가 아무렇지 않게 뛰어내리는 것을 보며 한서영이 비명을 질렀다.

한서영은 김동하가 그리 쉽게 목숨을 버릴 것이라곤 예상하지 못했다. 한서영이 하얗게 질린 얼굴로 재빨리 난간의 아래쪽을 바라보았다.

내려다보기만 해도 아찔한 높이였다.

아래쪽은 아파트의 조경을 위해 나무를 심어놓은 곳이

지만 그렇다고 해도 살아날 가능성은 0.1%도 없을 정도로 까마득한 높이였다. 한서영이 이를 악물었다. 몇 초도 걸리지 않아 '쿵'하는 소리가 들릴 것으로 예상했지만 전혀 그런 소리는 들리지 않았다. 한서영이 하얗게 질린 얼굴로 허겁지겁 거실의 소파로 돌아왔다. 사람이 투신했다는 것을 119 소방서에 알릴 생각이었다. 버튼을 누르는 한서영의 얼굴은 그야말로 사색이 되어 있었다.

"사, 사람이 죽었어. 어떡해?"

한서영은 그토록 피곤해서 푹 잠들고 싶었던 생각이 싹 사라졌다.

띠리리리릿—

딸칵—

—네! 119입니다.

한서영의 귀로 낭랑한 여자의 목소리가 들려왔다.

한서영이 떨리는 목소리로 입을 열었다.

"사람이 떨어졌어요. 아파트 21층에서 뛰어내렸어요."

한서영은 자신의 목소리가 덜덜 떨리고 있다는 것을 느꼈다. 온몸에서 소름이 돋고 머리칼이 쭈뼛 서는 느낌이었다. 119 상황실 요원의 목소리가 들렸다.

—정확한 위치를 말해주세요.

"반포 다인캐슬 101동이에요."

─신고자분의 성함과 투신하신 분의 관계는 어찌 되시나요?

"몰라요. 처음 보는 사람이에요. 저는 101동 2107호의 한서영이라고 해요. 빨리 와주세요."

한서영의 이마에 땀방울이 맺혔다.

─알겠습니다. 곧 출동하겠습니다.

딸칵─

전화가 끊어졌다. 한서영은 잠시 그 자리에서 질린 표정으로 서 있다가 그대로 안방으로 들어 가 다시 옷을 갈아입었다.

좀 전까지 이곳에 김동하가 서 있었다는 것이 꿈같아 몇 번이나 욕실 쪽을 바라보았다. 이내 옷을 갈아입은 한서영이 엘리베이터를 타고 1층으로 내려왔다.

한서영은 병원에서 근무하며 교통사고를 당하거나 추락상을 입은 중환자들을 수없이 보았다.

응급실에서 근무할 때는 하루에도 10번이 넘을 정도로 목숨이 위중한 상태로 응급실로 실려 오는 환자들이나 아예 숨이 끊어진 사망자도 수없이 보았다.

그런 한서영이었기에 그녀는 1층의 화단 쪽에 참혹한 시신으로 누워있을 김동하의 모습을 보게 된다는 것에 진저리를 치고 있었다.

하지만 그의 상태를 확인해야 했다. 한서영이 자신의 아파트 바로 아래쪽으로 내려왔지만 김동하의 모습은 어디에도 보이지 않았다.

한순간 한서영의 얼굴이 또다시 하얗게 질렸다.

김동하의 모습이 보이지 않는다는 것은 그녀가 조금 전까지 대화를 하고 있던 상대인 김동하가 인간이 아니라는 것을 의미했기 때문이었다.

"저, 정말 귀신이었던 거야?"

온몸에 오싹 소름이 끼쳤지만 한서영은 주변을 다시 살피기 시작했다. 하지만 자신의 아파트 베란다에서 뛰어내린 김동하의 모습은 어디에도 보이지 않았다. 한서영은 잠시 자신이 꿈을 꾸고 있는 것인지 착각이 들 정도였다.

한서영이 아파트의 아래쪽에서 김동하를 찾은 지 5분 정도가 흘렀을 때 붉은 경광등을 반짝이며 소방차와 구급차가 아파트 단지로 들어오고 있었다.

삐뽀삐뽀삐뽀—

요란한 구급차의 다급한 사이렌 소리가 아파트 단지를 울리고 있었고, 불이 꺼져 있던 아파트 단지 세대에서 다급하게 거실의 불이 밝혀지는 모습들이 보였다.

한서영은 하얗게 질린 얼굴로 101동 화단의 입구에 멍한 얼굴로 서 있었다. 그녀의 눈에 다급하게 투신자를 실어나를 간이 응급키트를 들고 달려오는 소방대원의 모습이 아스라하게 보이고 있었다.

한서영은 자신이 꿈을 꾸고 있는 것이라고 생각하며 혼잣말로 중얼거렸다.

"누가 내 말을 믿어줄까?"

한서영의 목소리에는 힘이 빠져 있었다.

조선남자
朝鮮男子
-천능의 주인-

시간의 이방인(時間의 異邦人)

인왕산의 밤은 서울의 야경이 한눈에 내려다보였다.

북악산과 예전에는 자하문이라 불렸던 창의문 방향과 사직 방향 그리고 무악동 방향까지 그야말로 화려한 불빛으로 야경을 이루었다.

멀리 남산의 남산타워에서 밝힌 불빛이 손에 잡힐 듯 가깝게 느껴졌고 인왕산과 턱을 이루고 있는 안산의 모습까지 너무나 생생하였다.

인왕산의 수성동 계곡 입구.

한명의 사내가 어둠 속에서 계곡을 바라보며 서 있었다.

김동하였다.

김동하의 얼굴은 핏기를 잃은 것처럼 창백했다.

자신이 기억하고 있는 천불동도 사라지고 도깨비소와 도깨비골도 모두 사라지고 없었다.

예전에 자신과 사부님이 머물던 정심암의 암자가 있던 위치는 잡풀만 무성하고 그 어떤 흔적도 보이지 않았다.

김동하는 한동안 그 자리에 서서 움직이지 못했다.

혹여 야간산책이라도 하는 사람이 김동하를 보았다면 미친 사람이라고 할 정도로 김동하의 모습은 기괴했다.

어울리지 않은 핑크빛 트레이닝복을 걸치고 긴 머리를 늘어트린 채 망연한 얼굴로 계곡을 바라보는 김동하는 그야말로 너무나 쓸쓸해 보이는 모습이었다.

"모두 사라졌다. 사부님도 암자도 천불동도 도깨비소도 모두 흔적이 없이 사라졌어."

혼잣말처럼 중얼거리는 김동하의 눈빛이 허망하게 흔들렸다.

김동하가 다시 중얼거렸다.

"그 처자의 말이 맞았어. 수백년의 세월을 뛰어넘어버린 거야. 갑자년의 7월에서 수백년의 세월을 넘어 홀로 이곳에 남았다니……."

김동하가 잡풀과 메마른 돌무더기로 보이는 수성계곡을 힘없는 시선으로 바라보았다.

김동하의 입에서 다시 자조 섞인 목소리가 흘러나왔다.

"천명이 뭐라고… 고작 그것을 지키자고 스승님과 부모님을 버리고 홀로 이곳으로 떠나오다니……."

김동하는 할 수만 있다면 다시 그때로 돌아가고 싶었지만 지금의 자신으로서는 할 일이 아무것도 없었다.

수백년이 흐른 지금은 부모님의 흔적과 스승님의 흔적조차 어디에도 남아 있지 않았다.

어디로 가야 할지도 몰랐고 무엇을 해야 할지 생각도 나지 않았다.

김동하가 천천히 수성동의 계곡 안으로 걸어 들어갔다.

산의 모습이 달라지고 주변의 풍광이 변했지만 혹여 자신이 기억하는 예전의 흔적을 찾을 수 있을지도 모른다는 생각밖에는 없었다.

하지만 아무것도 없었다.

산의 위치는 그대로였지만 산의 모습은 달라진 것이다.

시간을 훌쩍 뛰어넘어 홀로 이 세상에 버려진 것 같은 쓸쓸함이 김동하를 아득한 절망 속으로 밀어 넣었다.

배도 고프지 않았고 목도 마르지 않았다.

단지 지금 할 수 있는 것은 과거의 흔적을 어디에서든 찾아서 그때로 돌아갈 수 있는 방법을 알아내는 것뿐이겠지만 그 방법이 무엇인지조차 알 수가 없었다.

김동하는 미친 듯이 인왕산을 헤매기 시작했다.

그로서는 자신이 떠나왔던 시대로 다시 돌아갈 수 있는

흔적을 찾아야 한다는 일념밖에는 없었다.

잠을 잘 수도 없었고 잠이 들고 싶지도 않았다.

이것이 꿈속이라면 이 악몽같은 현실에서 한시라도 빨리 깨어나고 싶은 생각밖에 없는 김동하였다.

밤새 인왕산을 미친 사람처럼 헤매던 김동하가 정신을 차린 것은 인왕산의 꼭대기 치마바위 근처의 바위 위였다.

김동하는 동쪽을 바라보며 허망한 얼굴로 바위에 앉아 있었다.

밤새 잠을 자지 못하였지만 졸리지도 않았다.

단지 미칠 것 같은 암울함과 가슴 한쪽을 날카로운 칼로 잘라낸 것 같은 허무함만이 그의 머릿속을 가득 채우고 있었다.

김동하는 동이 터오고 있는 서울의 거리를 허무한 시선으로 바라보고 있었다.

지금의 김동하의 몰골은 참으로 기이했다.

핑크색의 트레이닝복은 밤새 산을 헤매느라 누더기처럼 변해 있었고 한서영의 집에서 끈으로 묶었던 머리칼은 어느새 풀어져 또다시 산발이 되어 있었다.

발에는 신발도 신지 않았고 수중에는 단 1원짜리 동전 한개도 없었다.

얼굴을 씻지 않아 얼굴의 이곳저곳이 산을 헤매 다니면서 묻은 먼지와 검댕으로 지저분했다.

누가 본다면 거지라고 질겁할 것 같은 몰골이었다.

하지만 김동하는 자신의 모습을 돌아볼 기력이 없었다.

당장 어디로 가야 할지 누구를 만나야 할지 무슨 일을 해야 할지 아무것도 떠오르지 않았기 때문이다.

날이 완전히 밝자 인왕산의 산책길과 둘레길을 따라 사람들의 모습이 비치기 시작했다.

아침 산책이나 건강을 위해 가벼운 트레킹을 즐기는 사람들은 산 정상의 치마바위 근처의 바위에 앉아 있는 김동하를 보며 무척 놀랐다.

그야말로 광인(狂人) 한명이 바위 위에 앉아 있는 것으로 보였기 때문이다.

"어머! 저 사람 뭐야?"

"아유 더러워."

김동하의 기괴한 모습에 질겁한 사람들이 수군거리며 김동하를 피했다.

가까이 다가가면 봉변을 당할 것이라고 생각할 정도로 김동하의 모습이 괴팍해 보였기 때문이다.

어울리지 않는 핑크빛 트레이닝복에 머리는 산발이 되어 허리까지 늘어뜨린 채로 바위 위에서 정좌를 하고 동쪽을 바라보고 있는 모습은 그야말로 미친 거지로 보였다.

사람들이 계속 수군거리며 김동하의 곁을 스쳐갔지만 김동하는 전혀 움직이지 않았다.

마치 바위 위에서 돌이라도 되려는 것처럼 미동도 하지 않았다.

날이 밝으면서 인왕산의 산등성이로 쏟아지는 햇살은 7월의 뜨거운 열기를 내뿜기 시작했다.

하지만 바위에 앉아 있는 김동하는 전혀 움직이지 않았다.

김동하가 바라보고 있는 동쪽 방향은 돈의문이 있는 방향이었다.

돈의문의 앞쪽 충현에 아버지와 어머니 그리고 여동생 종희가 살고 있었기에 그곳을 바라보고만 있는 것이다.

지금은 빌딩과 뿌연 회색의 연무에 가려져 인왕산의 주변도 잘 보이지도 않았지만 그럼에도 돈의문이 있는 방향을 너무나 애절한 마음으로 바라보고 있었다.

물도 마시지 않고 밥도 먹지 않은 채 꼬박 하루해가 질 때까지 그곳에서 움직이지도 않는 김동하였다.

김동하가 천불동의 석동에서 천공불진을 열고 시공을 넘어 이곳에 도착한 첫날은 그렇게 김동하에게 좌절과 허탈감 그리고 너무나 처절한 고통만 남기고 저물었다.

결국 그날 단 한걸음도 김동하는 바위에서 움직이지 않았다.

또다시 인왕산에 밤이 오고 있었다.

"이걸 보면 내가 꿈을 꾼 것은 아닌데."

한서영은 자신의 손에 들린 불진(佛塵)의 자루를 만지며 눈을 깜박였다.

사람이 투신했다는 허위신고(?)를 한 탓에 비상 출동한 119 구급대에게 호되게 면박을 받았던 한서영은 집으로 돌아온 이후 파우더 실에서 김동하가 남기고 간 불진의 자루를 발견했다.

어쩌면 자신이 너무나 피곤한 상황에서 환각을 보았을 수도 있다고 생각했다.

그러나 눈앞의 불진의 자루가 결코 자신이 꿈을 꾼 것이 아님을 확신하게 만들어 주었다.

하룻밤을 쉬고 다시 세영대학 병원의 인턴으로 출근한 한서영으로서는 자신에게 벌어진 기 황당한 사연을 누구에게도 털어놓을 수가 없었다.

하긴 정신이 똑바로 박힌 사람이라면 한서영이 겪은 일을 그대로 받아들이지 못할 것이다.

어쩌면 병원 약재실에서 절대로 사용해서는 안 되는 환각약재를 훔쳐내 투약했다는 엉뚱한 오해를 받을 수도 있는 일이었다.

한서영은 자신의 손에 들린 불진의 자루를 이리저리 살펴보았지만 그냥 나무로 만들어진 작은 손잡이일 뿐이었다.

자신의 것이 아니었으니 김동하에게 돌려주고 싶었다.

하지만 그렇게 사라진 김동하는 두 번 다시 그녀의 눈에 띄지 않았다.

어쩌면 또다시 비워놓은 자신의 집에 있을지 모른다는 생각도 들었다.

그러나 이번에는 집을 나오면서 두 번, 세 번 집의 잠금 장치를 확인했기에 절대로 들어갈 수 없다고 생각했다.

가볍게 한숨을 내 쉰 한서영이 불진의 손잡이를 자신의 책상서랍에 밀어 넣었다.

그때였다.

"한서영!"

문을 열고 들어서는 사람은 자신과 같은 세영대학 병원의 인턴 유상태였다.

한서영이 고개를 돌려 유상태를 바라보았다.

"왜?"

"최선배가 널 찾아."

순간 한서영의 미간이 좁혀졌다.

"방탄 새끼가?"

자신도 모르게 입에서 흘러나온 목소리였다.

인턴 유상태의 눈이 동그랗게 변했다.

"방탄?"

순간 한서영은 자신이 무슨 말을 한 것인지 모른다는 듯

이 한 손으로 입을 막고 눈을 껌벅거렸다.

한서영의 머릿속에 마치 환각처럼 자신이 메스를 던지던 장면이 떠올랐다.

어째서 그런 생각이 든 것인지도 몰랐다.

유상태가 물었다.

"그게 무슨 말이야?"

한서영의 볼이 살짝 붉어졌다.

"아, 아니야. 그런 게 있어. 근데 최선배 그 자식이 날 왜 찾아?"

레지던트가 인턴을 찾는 것에는 이유가 없다.

그냥 시킬 일이 있으면 부르고 맡겨야 할 일이 있으면 맡기는 그야말로 하인과 같은 취급을 당하는 것이 인턴이었다.

유상태가 혀를 찼다.

"쯧! 최선배도 들고양이같은 너와 어지간히 악연을 맺긴 맺었나보다."

한서영이 눈을 매섭게 뜨면서 물었다.

"뭔데 날 찾아?"

"새벽에 응급사태로 들어온 환자가 있는데 너보고 ABGA(Arterial Blood gas analysis)—동맥혈 가스검사 — 채혈을 하랜다."

유상태의 말에 한서영의 눈이 커졌다.

"뭐라고?"

유상태가 이를 드러내며 웃었다.

"한마디로 한서영이 네가 꼴 보기 싫으니 골탕 먹이겠다
는 의미겠지."

동맥혈 가스검사는 일반적으로 정맥에서 피를 채혈하는
것이 아니라 환자의 동맥에서 피를 채혈하는 방법이다.

환자신체의 산염기균형과 산소균형상태를 파악하기 위
한 검사로 동맥혈에서 피를 채취하여 산도와 산소분압, 이
산화탄소분압, 중탄산염의 농도를 조사하는 것으로 중환
자에게 가장 중요한 검사 중의 하나였다.

동맥을 통해 채혈을 해야 하기에 채혈이 어렵고 힘들며
환자가 고통스러워하는 경우가 많은 방법이었다.

실력이 모자란 의사의 경우 당황하는 경우가 많고 인턴
이나 레지던트 같은 경우에는 혈관을 찾기 위해서 환자의
팔에 몇 번이나 주사바늘을 찔러야 하는 경우가 많았다.

그 때문에 인턴에게는 그야말로 도망을 치고 싶은 검사
방법이었다.

최태영은 한서영이 ABGA 채혈을 실패할 것으로 단정하
고 있었다.

환자가 채혈로 인해 고통스러워하는 면전에서 자신을 면
박할 속셈임을 한서영은 단번에 알 수가 있었다.

한서영의 눈이 매섭게 변했다.

"그 인간은 날 왜 괴롭히지 못해서 안달인지 모르겠네."

유상태가 빙긋 웃었다.

"너 최선배가 너를 괴롭히는 이유를 정말 모르겠냐?"

한서영이 이마를 찌푸렸다.

"그 인간이 나를 괴롭히는 것에 이유가 있나? 하긴 이젠 겁도 안 난다. 간밤에 귀신까지 봤는데 더 무서울 게 뭐 있겠어?"

유상태가 눈을 껌벅였다.

"그게 무슨 소리야? 귀신을 보다니?"

한서영이 머리를 흔들었다.

"알 필요 없어. 설명해도 믿지를 않을 테니… 그나저나 방탄고추, 아! 최선배가 채혈하라는 환자는 어디에 있어?"

"뭐?"

한서영이 나직하게 중얼거렸다.

"그 인간이 메스를 튕겨내더라고… 사람이 아니야. 빌어먹을 인간!"

한서영의 눈이 표독하게 뜨였다.

하지만 이내 그녀의 입가에 묘한 미소가 떠올랐다.

유상태가 그런 한서영을 바라보며 머리를 흔들었다.

"너도 참 둔하긴 둔해."

"뭔 소리야?"

한서영이 유상태를 쏘아보았다.

유상태가 한서영을 잠시 바라보다가 입을 열었다.

"한 번만 말해줄게 잘 들어. 남자가 여자를 좋아할 때 좋은 말, 예쁜 말, 부드러운 말, 자상한 행동으로 보여주는 경우도 있지만 이유 없이 괴롭히거나 못살게 굴 때도 있단 말이야. 넌 모르겠지만 네가 일할 때 최선배가 한참 너를 바라보고 있는 경우가 많았어. 그리고 꼭 너를 괴롭히지. 근데 그 후 네가 화를 내고 씩씩거릴 때 최선배가 네 앞에서는 화난 척을 하지만 돌아서면 웃더라. 그건 최선배가 너를 좋아하기 때문이라는 의미지. 이제 이해가 되냐?"

유상태의 말을 들은 한서영의 눈이 커졌다.

"그 자식이 나를 좋아한다고?"

"틀림없을 거야. 표현을 그런 식으로 해서 문제이긴 하지만 말이다."

한서영이 갑자기 자신의 팔을 와락 비비기 시작했다.

"윽! 소름끼쳐. 그 개도 주워 먹지 않을 방탄, 아니 최뼉다귀 같은 새끼가 날 좋아해? 내 목에 칼이 들어와도 그건 싫어."

한서영이 진저리를 쳤다.

하얀 얼굴에 안경을 끼고 차갑고 도도한 얼굴로 자신을 쏘아보던 최태영의 얼굴이 머리를 스쳐갔다.

유상태가 머리를 흔들었다.

"하긴 너를 좋아하는 최선배가 나도 걱정된다. 얼굴만 이쁘고 완전히 사내대장부 같은 너를 어떤 놈이 좋아하겠냐? 솔직히 말해. 너 남자지?"

"까불래?"

손을 확 들어올리던 한서영의 머릿속에 갑자기 한명의 얼굴이 떠올랐다.

귀신처럼 나타나서 귀신처럼 사라진 김동하의 얼굴이었다.

유상태가 머리를 흔들면서 입을 열었다.

"환자 병실은 1201호야."

한서영이 눈을 껌벅였다.

"특실이네?"

"몰라. 얼핏 들으니 무슨 큰 회사 간부래. 젊었더라. 잘생긴 것 같기도 하고."

"흠."

한서영이 눈을 깜박였다.

한서영이 의자에서 일어나며 자신의 모습을 살펴보았다.

청진기는 가운의 호주머니에 있고 차트를 기록할 펜도 준비되어 있었다.

한서영이 일어서서 문을 열고 나섰다.

또각또각—

늘씬한 체구의 한서영이 머리를 들고 엘리베이터가 있는 방향으로 걸음을 옮겼다.

주변을 지나는 간호사들이 머리를 가볍게 숙이자 한서영도 마주 인사를 하며 입가에 부드러운 미소를 머금었다.

인턴은 의사의 면허를 가지고 있지만 정식으로 전문의 자격을 딴 전문의가 아니다.

그 때문에 간혹 간호사들에게도 면박을 받거나 엉뚱한 실수로 인해 고참 간호원에게 무시를 당하는 경우도 많았다.

심할 경우에는 환자들을 대면하는 것도 두려워하는 인턴도 있었다.

의사가 환자를 진료하는 것이 두려워 아예 도망을 가는 경우도 있는데 대부분 수련의라 칭하는 인턴이 그러는 경우를 말한다.

하지만 한서영은 그런 인턴과는 달리 간호원들에게도 좋은 평을 듣고 있었다.

어려운 일들을 간호사들과 함께 하는 경우도 많았고 좋거나 싫은 일에 손을 걷고 나서는 경우가 많았기 때문이다.

엘리베이터 앞에 선 한서영이 버튼을 눌렀다.

잠시 후 한서영이 엘리베이터를 타고 12층으로 올라갔다.

세영대학 병원의 병상은 총 890석의 규모로 대한민국에서도 손가락에 꼽힐 정도로 큰 병원이었다.

그런 세영종합병원의 내과병동은 총 14층으로 11층 이상부터는 특실병동이 운영된다.

최태영이 한서영에게 ABGA 채혈을 지시한 병실은 1201호 특실이었다.

때앵―

알림소리와 함께 한서영이 엘리베이터에서 내리자 안내데스크에서 엘리베이터를 바라보고 있던 간호사가 재빨리 다가왔다.

"ABGA 채혈하시려는 것이죠?"

한서영이 머리를 끄덕였다.

"네."

"준비되어 있습니다."

간호사가 진료용 카트를 가지고 재빨리 한서영의 옆으로 다가왔다.

한서영이 담담한 얼굴로 1201호로 발걸음을 옮겼다.

간호사가 그런 한서영의 옆을 조용히 따랐다.

간호사 박미경은 늘씬한 몸매의 한서영을 보며 살짝 안쓰러운 표정을 지었다.

ABGA 채혈은 동맥혈을 직접 채혈해야 하기 때문에 환자가 고통스러워하는 경우가 많았고, 그럴 경우 여지없이 의사에게 욕설을 하거나 심할 경우 손찌검을 할 경우도 있었다.

동맥의 펄스를 감지하고 그 동맥에 정확하게 주사바늘을 찔러 넣어야 채혈이 가능하다.

박미경은 너무나 아름다운 한서영이 환자에게 봉변을 당할까봐 걱정이었다.

그만큼 힘든 채혈이 바로 동맥혈채취였다.

똑똑—

노크소리와 함께 한서영이 문을 열고 들어섰다.

침대 위에는 창백해 보이는 한명의 남자가 누워 있었다.

얼굴이 갸름하고 눈을 감고 있었지만 나이는 30대 초반 정도로 그다지 많아 보이지 않는 남자였다.

한서영이 침대의 옆에 매달린 환자의 차트기록을 읽었다.

[박영진(31)]

한서영이 잠시 남자의 얼굴을 바라보자 남자가 눈을 떴다.

창백해 보이는 얼굴이었지만 눈빛이 강렬했다.

한서영이 입을 열었다.

"채혈을 할 거예요. 아플 수도 있지만 가능하면 빠른 시

간 내에 마치도록 하겠습니다."

한서영의 말에 박영진이라는 환자는 아무 말도 하지 않았다.

새벽에 일으킨 복통으로 응급실로 실려 왔지만 이렇게 병원에 입원을 할 정도라고 생각하진 못했던 박영진이었다.

하지만 자신이 복통으로 쓰러지자 아버지가 할 수 있는 모든 검사를 다 해달라고 병원 측에 요구했다는 것이 그를 이곳에 묶어 두게 만든 것이다.

박영진은 채혈을 위해 들어온 한서영을 바라보았다.

박영진으로서도 놀랄 만큼 아름다운 여의사였다.

박영진이 물었다.

"내 담당 의사인 겁니까?"

한서영이 힐끗 박영진을 바라보았다.

"담당의사는 아니에요. 하지만 담당의사를 불러달라시면 그렇게 할게요."

박영진이 머리를 흔들었다.

"아니오."

박영진의 시선이 한서영의 가슴에 매달린 의사신분증을 향했다.

'한서영.'

한서영의 이름을 머리에 새긴 박영진이 눈을 감았다.

이내 한서영이 박영진의 팔을 잡았다.

그때였다.

똑똑—

스르륵—

병실의 문이 열리면서 김철현 내과과장과 한서영에게 ABGA 채혈을 지시한 최태영이 들어섰다.

최태영의 은빛 안경테가 반짝이고 있었고 입가에는 묘한 미소가 떠올라 있었다.

내과과장인 김철현 교수가 물었다.

"ABGA 채혈인가?"

한서영이 대답했다.

"네!"

"단번에 성공해야지 여러 번 반복하면 환자가 고통스러워 한다는 것은 알고 있겠지?"

최태영이 한서영을 바라보며 입을 열었다.

"못 할 것 같으면 미리 말해. 괜히 어쭙잖은 실력으로 환자 힘들게 하지 말고."

한서영의 눈이 가늘어졌다.

이제야 최태영이 자신에게 까다롭기로 알려진 ABGA 채혈을 지시한 이유를 알 수가 있었다.

김철민 교수가 보는 앞에서 자신을 톡톡히 면박주기 위한 최태영의 얄팍한 속셈이었던 것이다.

'방탄소세지 새끼! 네가 날 좋아한다고? 소말리아가 선진국이 되고 에디오피아 국민소득이 100만불이 되는 날까지 절대로 그럴 일은 없을 거야. 흥이다. 망할 놈아!'

한서영의 눈매가 매섭게 변했다.

침대위에 누워 있던 박영진은 한순간에 한서영의 얼굴빛이 달라지는 것을 보며 눈을 깜박였다.

자신도 모르게 팔이 경직되는 느낌이었다.

박영진은 단순한 채혈검사라고 생각했지만 한서영의 뒤를 이어 병실로 들어선 두명의 남자의사의 말을 통해 단순한 검사가 아니라는 것을 알았다.

한서영이 팔을 걷은 박영진의 팔뚝에 고무끈을 묶었다.

고무끈은 혈관을 압박하여 정맥혈관이 튀어나오게 만들기도 하지만 동맥의 진동을 더 강하게 만들어주기도 했다.

고무끈을 묶은 한서영의 눈빛이 신중해졌다.

"시작할게요."

한서영이 박영진의 손목 위 동맥 진동부위에 올려놓았다.

두 개의 손가락을 V자 형으로 펼쳐서 가볍게 가져다 댔다.

한서영의 미간이 좁혀지고 있었다.

잠시 후 두 손가락을 펼친 한서영이 간호사 박미경을 보며 입을 열었다.

"채혈주사를 주세요."

"네."

박미경이 조심스레 한서영의 손에 주사기를 올려놓았다.

한서영은 자신의 두 손가락 사이로 주사기를 단번에 깊게 밀어 넣었다.

순간 누워 있던 박영진의 얼굴이 살짝 굳었지만 이내 눈을 질끈 감았다.

한서영이 밀어 넣은 주사기를 통해 붉은 피가 빨려나오기 시작했다.

바라보고 있던 김철민 교수와 최태영의 얼굴이 굳어졌다.

김철민 교수가 입을 열었다.

"Proximal site와 Distal site를 단번에 찾아 가장 빨리 동맥혈관으로 바늘을 넣다니 제법이군 그래. 한 번에 하기에는 쉽지 않은 일이라고 생각했는데 한 번에 마치다니 놀라운데… 허허 그 참!"

김철민 교수의 눈에 살짝 감탄하는 기색이 떠올랐다.

수많은 인턴이 실수를 반복하고 고참 레지던트와 베테랑 전문의들도 간혹 동맥혈채취에 곤혹스러워하는 광경을 많이 보았던 김철민 교수였다.

김철민 교수의 옆에 서 있던 최태영의 얼굴이 굳어졌다.

한서영을 골탕 먹일 생각이었던 그의 계획은 단번에 한서영을 돋보이게 만드는 결과로 바뀌어 버린 것이다.

잠시 후 바늘자국 위에 소독솜을 가져다댄 뒤 한서영이 바늘을 뽑았다.

한서영이 그대로 박미경 간호원의 철제 캐리어 속에 채취한 동맥혈이 담긴 주사를 놓았다.

딸칵—

한서영이 박영진을 보며 입을 열었다.

"협조해 주셔서 쉽게 채취할 수 있었어요. 솜은 잠시 후에 떼도록 하세요. 비비진 마시고요."

박영진이 고개를 끄덕였다.

"알았습니다."

박영진이 자신의 손목을 살짝 잡고 한서영을 바라보았다.

한서영이 몸을 일으켰다.

"채취 끝났습니다. 교수님!"

김철민 교수가 머리를 끄덕였다.

"수고했네."

"네."

김철민 교수의 칭찬을 받은 한서영이 몸을 돌리려 하자 최태영이 한서영을 보며 입을 열었다.

"내려가서 외래진료 준비해. 심전도실 심전도기 손봐놓

고, 마치면 새벽에 샘플링 한 것 자료 뽑아서 가져와."

한서영이 최태영을 바라보며 대답했다.

"알겠습니다."

한서영이 담담한 얼굴로 머리를 숙였다.

'네 얄팍한 꾐수에는 내가 안 넘어갈 거야. 이 망할 방탄 소세지야.'

한서영은 마음속으로 최태영을 향해 혀를 날름 내밀었다.

몸을 돌려 병실을 나서는 한서영의 표정이 날아갈 듯 상쾌해 보였다.

병실을 나가는 한서영의 뒷모습을 보며 최태영의 눈이 흔들리고 있었다.

그로서는 꽤 충격을 받은 듯한 얼굴이었다.

김동하가 한서영의 집을 떠난 지 사흘이 넘어가고 있었다.

그동안 한서영은 휴식도 없이 병원에서 일하고 있었고 인턴으로서의 빡빡한 일상을 지내고 있는 중이었다.

한서영은 시간이 흐를수록 자신의 집에서 만난 김동하의 얼굴이 더욱 기억 속에서 선명해지고 있는 것을 느꼈다.

처음에는 귀신을 본 것이라고 생각했던 김동하가 남기고 간 불진의 자루를 보며 그것이 귀신이나 허상이 아닌 실제

존재했던 사람이었다는 걸 느낀 것이다.

그즈음 인왕산의 주변인 옥인동과 홍제동, 그리고 무악동에서 이상한 소문이 나돌기 시작했다.

"어머! 민주엄마, 그 사람 오늘도 있어요. 도사 말이에요, 도사!"

"정말요? 어머! 정말이네."

토요일 오전.

간편한 트레킹 복장으로 인왕산을 오르던 30대 후반의 여인들이 바위 위에 앉아서 한쪽을 바라보고 있는 긴 머리칼의 남자를 바라보았다.

며칠째 같은 자리, 같은 곳에 머물고 있는 이상한 남자였다.

음식을 먹는 것 같지도 않았고, 물을 마시는 것 같지도 않은 그야말로 돌부처처럼 한곳만 바라보고 있는 남자였다.

긴 머리칼로 인해서 나이조차 짐작할 수 없는 남자는 핑크빛의 어울리지 않는 트레이닝복 차림이었고, 맨발에 어울리지 않는 트레이닝 복 외에는 아무것도 걸치지 않은 모습이었다.

더구나 트레이닝복도 작아서 허리의 살이 드러나 보였고, 가슴 쪽은 아예 지퍼가 올라가지 않는 민망한 모습이었다.

벌써 같은 자리에서 사흘째 머물고 있다는 것으로 인해서 사람들은 그 사내를 노숙자나 부랑인으로 생각하고 있었다.

다만 이상한 것은 며칠 전에는 보이지 않았던 강아지와 고양이들이 사내의 주변에서 도망을 가지도 않고 바라보고 있다는 것이었다.

날이 갈수록 강아지와 고양이 같은 동물들의 숫자가 늘어나는 것도 이상했다.

어디서 온 강아지인지 몰랐고, 고양이도 어디서 온 것인지 몰랐다.

다만 강아지와 고양이들의 모습이 약간 더럽고 추한 느낌이 들었기에 집이 없이 떠돌아다니는 길고양이나 길강아지들의 모습처럼 보였다.

그런 짐승들이 마치 김동하를 지키듯 주변에서 김동하를 바라보고 있는 것이었다.

김동하는 인왕산 바위 위에서 서울의 모습을 바라보며 지쳐가고 있었다.

자신에게 남겨진 것은 아무것도 없었다.

아버지와 어머니, 그리고 동생과 사부님과 사숙까지. 그야말로 혈혈단신이었다.

이곳을 떠나 움직이려 해도 어디로 가야 할지, 어디에 머

물러야 할지 알 수가 없었다.

잠시 이곳에서 처음 만난 한서영을 머리에 떠올렸지만 자신을 보며 겁에 질려 있던 여인의 얼굴을 생각하면 다시 그녀를 만날 자신이 없었다.

그리고 한서영이 자신과 만나게 된 것은 천공불진으로 그리 된 것이지 자신과 연관되어 있는 끈은 아무것도 없었다.

할 일이 없다는 것과 갈 곳이 없다는 것은 사람을 무력하게 만든다.

김동하는 자신이 무력해지는 것을 느끼고 있었다.

그 때문에 이곳을 떠나지 못하는 것이었다.

배도 고프지 않고 갈증도 느끼지 못했다.

다만 한밤중에만 움직여 잠시 산을 내려갔고 올라올 때 바위틈에서 흘러나오는 물로 목을 축이고 다시 이곳으로 돌아올 뿐이었다.

그즈음 인왕산을 오르던 사람들은 자신을 보며 도사라고 부르며 수군거리는 것을 들었다.

하긴, 뜨거운 바위 위에서 득도를 원하는 구도자의 모습처럼 긴 머리칼을 늘어뜨리고 정좌를 하고 있는 모습은 도사의 몰골처럼 보이게 만들었다.

더구나 주변에는 더럽게 느껴지는 강아지와 길고양이 같은 짐승들이 사내의 주변에서 떨어지지 않고 있었기에 더

더욱 그런 소문이 나돌게 만들었다.

김동하는 주변의 시선을 아랑곳 하지 않았다.

자신이 살아온 세상과는 전혀 다른 세상에서 사는 사람들이었다.

입고 있는 옷도 그렇고 신고 있는 신발도 다르다.

형형색색의 등산복은 김동하를 주눅 들게 만들었고, 나이를 짐작할 수 없을 정도로 세련된 현대인의 이미지는 김동하가 그들에게 가까이 갈 수 없을 정도로 위축감을 느끼게 만들었다.

집들도 예전에 자신이 살고 있었던 시절의 기와나 초가집이 아닌 상자 같은 집에서 살고 있었고, 밤이 되면 마치 말로만 듣던 아방궁과 같은 화려한 불빛이 세상에 가득했다.

간혹 예전의 형식을 본뜬 기와집과 같은 것이 보였지만 자신이 기억하는 그 시절의 모습과는 사뭇 달랐다.

누구를 만난다는 것이 이제는 김동하 스스로 부담감을 느끼고 겁이 났다.

일신에 해동무의 절기를 가득 담고 있었고 그의 운명을 바꾸게 만든 천명이 숨겨져 있었지만, 그런 것은 전혀 김동하에게 도움이 되지 않았다.

그런 김동하가 유일하게 움직였던 일은 이틀 전 밤이었다.

산 아래에서 너무나 애통하게 울어대던 강아지의 울음소리를 들었던 것이었다.

예전 정심암에서 키우던 풍산개 노들과 도진이 머리에 떠올랐다.

김동하가 밤에 산을 내려가게 된 것도 그 때문이었다.

너무나 고통스러워하는 강아지의 울음소리를 듣고 산을 내려간 김동하는 길옆에서 차에 치여 죽어가는 강아지를 발견했다.

차에 치인 강아지는 절대로 살아날 수 없을 정도로 참혹했다.

두 다리의 뼈가 어스러지고 두개골이 깨어져 겨우 숨만 붙어 있는 상황이었다.

김동하는 산 아래를 돌아 빠르게 달려가는 기계틀(자동차)에게 강아지가 치인 것을 알았다.

김동하로서도 놀랄 만큼 빠르고, 부딪칠 경우 상당한 충격을 받을 정도로 위험한 기계틀이었다.

그런 기계틀은 밤새도록 인왕산 주변에서 그치지 않고 달렸다.

인왕산뿐만 아니라 한양 도성 천지가 기계틀로 가득한 느낌이었다.

그런 기계틀들이 서로 부딪치지도 않고 어지럽게 돌아다니고 있었지만, 그 속에도 나름 정해진 규칙들이 있는 것 같은 느낌이었다.

그래도 굉음을 울리며 달리는 기계틀은 무척이나 위험해 보였고 그 움직임도 난폭하게 느껴졌다.

다행히 김동하가 강아지를 발견했을 때는 그나마 숨이 붙어 있었다.

김동하가 강아지를 안아들고 자세히 살펴보았다.

"끄응~끄응~~"

강아지는 힘겹게 몸을 일으키려 했지만 움직여지지 않는 몸을 버둥거리기만 했다.

강아지의 모습은 처참했다.

풍산개인 노들과 도진에 비해 크기는 그다지 크지 않았 지만 털이 길고 예쁘장하게 생긴 강아지였다.

"이렇게 생긴 강아지도 있었던가? 귀엽게 생긴 강아지 구나."

김동하가 발견한 차에 치인 강아지는 누군가 잃어버린 것으로 보이는 포메라니안 종의 강아지였다.

작은 체구의 강아지가 자동차에 치었으니 살아날 도리가 없었을 것이었다.

김동하가 발견한 강아지는 대한민국에서 가장 실력이 뛰 어난 수의사라고 해도 절대로 가망성이 없다고 머리를 절 레절레 저을 정도로 치명적이었다.

어쩌면 강아지의 고통을 덜어줄 수 있는 방법은 빠른 시

간 내에 안락사를 시키는 것이 유일하게 강아지를 편하게 해 줄 수 있는 방법이라고 할 정도의 상처였다.

김동하는 힘겹게 신음소리를 흘리고 있는 작은 강아지를 안고 다시 인왕산의 치마바위 근방으로 돌아오다 산 아래 만들어진 약수터에서 목을 축이고, 다시 산으로 올라갔다.

그리고 김동하가 가진 천명으로 강아지를 살려냈다.

누군가 보았다면 믿어지지 않을 정도로 신비로운 장면이었다.

바위 위에 앉아 두 손에 입에서 흘러나온 천명의 기운을 받아 강아지의 몸에 흘려 넣어주자 죽어가던 강아지가 살아난 것이었다.

깨어진 머리의 상처도 아물었고 어스러져서 뼛조각이 튀어나왔던 두 다리의 상처도 아물었다.

강아지는 자신을 고쳐준 김동하의 곁에서 떠나지 않았다.

마치 자신을 살려준 것을 알고 있다는 듯한 강아지의 행동이었다.

그리고 그날 이후 김동하는 인왕산의 근방에서 죽어가는 강아지와 고양이들을 살려주기 시작했다.

그것이 지금 김동하의 주변에 강아지들과 고양이들이 모여 있는 이유였다.

김동하는 자신의 주변에서 강아지와 고양이들이 떠나지 않는 것을 알고 있었지만 쫓거나 보낼 생각을 하지 않았다.

밤이 되면 강아지들과 들고양이들은 김동하의 곁을 떠나 잠시 산을 내려갔다가 날이 밝으면 다시 이곳으로 돌아왔다.

어쩔 때는 죽은 지 며칠이나 흐른 것 같은 부패가 되기 시작한 어린 새끼를 물고 돌아오는 고양이도 있었다.

그때에도 김동하는 아무 말 없이 그 어린 새끼를 살려주었다.

천명의 효과는 숨이 끊어진 상태가 오래 됐거나 금방 숨이 끊어졌거나 달라지지 않았다.

김동하의 몸에서 흘러나온 천명을 죽은 짐승의 몸에 흘려 넣으면 반드시 숨이 돌아와 살아나는 것이었다.

다만 목이 잘리거나 상처가 잘려나갔을 경우에는 그 효과를 보지 못하였다.

온전하게 보전된 상황에서만 천명이 그 효과를 발휘할 뿐이었다.

김동하가 천명을 이렇게 많이 사용한 적은 그다지 없었다.

사부와 인왕산의 정심암에서 지낼 때에도 간혹 노들과 도진이 짐승에게 물리거나 뱀에게 물릴 경우에만 천명을

사용했을 뿐이다.

그 때문에 김동하는 자신의 천명이 어디까지 이어질지 가늠할 생각도 하지 않았다.

하지만 이곳에서 죽어가는 짐승들을 살리다 보니 어느새 자신의 몸에 천명이 무궁하지만은 않다는 것을 느꼈다.

천명을 연속으로 두번 이상 사용하면 김동하는 자신의 내력이 흔들리는 것을 느꼈다.

세번 이상 사용하면 약간 피곤함을 느꼈고, 여섯번이 넘어가면 일곱번째 천명을 사용하기 힘들 정도로 지쳤다.

그럴 때면 해동무의 진결인 무량기를 운기 해야 했다.

무량기의 운기는 한번 시작하면 대주천까지 진행해야 했기에 꼬박 한 시진(2시간)이 걸린다.

더구나 무량기의 운기에는 날이 밝기 전, 음기가 양기로 바뀌는 그 시간이 가장 적절했다.

날이 밝기전의 월영으로 채워진 음기를 빨아들이고, 이어 날이 밝은 후 세상을 가득하게 비추는 빛의 양기로 무량기를 보충하는 것이었다.

몸속에 들어온 무량기는 음과 양이 서로 적절하게 조화를 이루어 가장 최적의 상태로 만들어주었다.

그 때문에 인왕산을 오르는 등산객들이나 산책객들이 보기에는 새벽에 무량기를 수련하는 김동하의 모습이 도인처럼 보일 수밖에 없는 것이었다.

새벽의 무량기 운기를 마치면 김동하는 다시 상념에 잠겼다.

이 바뀌어 진 시간 속에서 자신이 어떻게 살아남을 것인지 생각하는 것이었다.

돌아갈 길이 있다면 돌아갈 수 있을 것이지만, 그것도 없는 막막함은 김동하를 스스로 위축하게 만들었다.

천공불진을 여는 방법은 오직 사부인 해원스님만이 알고 있을 뿐이었다.

하지만 사부님은 이미 몇 백년 전에 해탈을 하셨을 것이니 이제 사부를 만날 수도 없었다.

김동하는 이곳을 떠날 생각을 하고 있었다.

부모도 없고 사부도 없는 이곳에서 이방인으로 살기는 싫었다.

자신과 어떤 식으로든 인연이 만들어진 사람도 없었고, 과거의 집안과 이어진 혈연도 남지 않았다.

사람들에게 어울려지지 않는 이방인으로 떠도느니 이곳을 떠나 깊은 산골로 들어가 그곳에서 지내다 돌아갈 방법을 찾는 것이 더 편할 것이라고 생각했다.

잠시 한서영의 얼굴이 떠올랐지만 그녀는 자신과 아무런 인연이 없는 사람이라고 생각했다.

더구나 자신을 보며 그토록 무서워하던 그녀를 더 괴롭히고 싶은 생각도 없었다.

김동하가 주변을 둘러보았다.

주변의 바위틈과 풀 틈에 자신이 살려낸 강아지들과 고양이들의 모습이 보였다.

"끙끙."

"냐오옹."

강아지들과 고양이들은 김동하가 자신을 보자 코를 바닥에 대고 마치 절을 하듯 고개를 숙였다.

김동하가 잠시 그들을 바라보다가 입을 열었다.

"오늘 하루만 더 여기서 지내고 난 떠날 것이니라. 너희들의 천수를 다시 돌려주었으니 이젠 조심하면서 살 거라."

그때 김동하의 곁으로 처음 구해낸 포메라니안이 꼬리를 흔들며 다가왔다.

"끙끙."

포메라니안은 김동하가 자신들을 떠날 것을 아는지 애처롭게 김동하의 발아래로 코를 들이밀었다.

포메라니안의 꼬리가 살랑살랑 흔들렸다.

김동하가 그런 포메라니안의 등을 가볍게 쓸었다.

"이젠 그 무서운 기계틀의 가까이에는 가지 말거라."

"끙끙."

"널 보살피고 싶으나 내겐 가진 것이 없다. 넌 이리도 이쁘게 생겼으니 쉽게 주인을 만날 수가 있을 것이니라."

"끄응~"

포메라니안이 김동하의 마음을 읽은 듯 애처로운 얼굴로 김동하를 올려다보았다.

그때였다.

"아빠! 저기 봐. 미키가 묻힌 곳에 이상한 아저씨가 있어."

어린 소녀의 목소리가 김동하가 포메라니안을 쓰다듬고 있는 바위의 아래쪽에서 들려왔다.

김동하의 머리가 목소리가 들리는 곳으로 향했다.

김동하의 눈에 작은 상자를 든 12세나 13세쯤으로 보이는 어린 소녀와 소녀의 옆에 서있는 40대 초반의 남자가 눈에 들어왔다.

남자의 옆에는 30후반의 나이로 보이는 여인이 약간 굳은 얼굴로 자신을 바라보고 있는 것이 보였다.

어린 소녀는 놀란 듯한 시선으로 김동하를 올려다보고 있었다.

겁을 먹은듯한 시선이었다.

하지만 김동하의 다리 쪽에 안겨있다시피 꼬리를 흔들고 있는 포메라니안을 보며 눈을 반짝였다.

"어머나! 진짜 예쁜 강아지네."

소녀의 말에 바위틈과 풀 섶에 숨어 있던 강아지들과 고양이들이 머리를 내밀었다.

순간 소녀의 입이 살짝 벌어졌다.

"아!"

소녀는 김동하의 주변에 이렇게 많은 동물들이 있을 것이라곤 상상하지 못한 모양이었다.

소녀의 옆에서 김동하를 바라보던 40대의 남자가 입을 열었다.

"미안하지만 자리 좀 비켜 주시겠소?"

남자의 눈에는 경계심이 뚜렷했다.

남자의 옆에 서있던 30대 후반의 여자가 말했다.

"여보! 그러지 말고 다른 곳으로 가."

남자가 대답했다.

"아니! 그럴 순 없어. 뽀삐를 같이 묻어주겠다고 약속하지 않았나?"

김동하가 물었다.

"이곳에 볼일이 있으신 것입니까?"

김동하의 물음에 대답한 것은 처음 김동하를 보며 놀란 소녀였다.

"예! 아저씨의 뒤에 우리 미키가 묻혀 있거든요."

순간 김동하의 눈이 껌벅였다.

"미키라고 하였느냐? 그게 누구지?"

소녀가 손에 들린 작은 상자를 앞으로 들며 입을 열었다.

"강아진데 우리 뽀삐의 짝이에요. 4일 전에 죽어서 여기에 묻었어요. 8년 동안 우리랑 같이 살았는데 우리 뽀삐도 죽어서 이제 미키랑 같이 묻어주려고 해요."

소녀의 목소리에는 울음이 담겨있었다.

외할머니 댁에서 키우던 미키와 뽀삐를 데려와 키우기 시작한지 꼬박 8년이 흘렀다.

이후 미키가 먼저 죽고 미키의 죽음 이후 시름시름 앓던 뽀삐가 오늘 아침에 결국 숨을 거두었다.

그래서 소녀는 이곳에 묻은 미키의 곁에 뽀삐를 같이 묻어주려는 것이었다.

김동하가 소녀의 손에 들린 작은 상자를 바라보았다.

상자의 크기는 그다지 크지 않았다.

잠시 소녀를 바라보던 김동하가 소녀를 보며 입을 열었다.

"잠시 그 상자를 내게 줘 보겠느냐?"

김동하의 말에 소녀의 아버지로 보이는 40대의 남자가 이마를 찌푸렸다.

"뭘 하시려는 거요?"

소녀의 아버지 말에 옆에 서 있던 소녀의 어머니로 보이는 30대 후반의 여자가 낮게 말했다.

"다혜 아빠! 그러지 말고 우리 다른 곳으로 가요. 나중에 다시 뽀삐랑 미키를 같이 묻어주면 될 거예요."

소녀의 어머니는 아무래도 괴상하고 약간은 민망한 몰골

의 김동하가 불안한 모양이었다.

소녀가 울먹거렸다.

"싫어. 엄마! 미키한테 약속했단 말이야. 하늘나라 가서도 뽀삐랑 꼭 행복하게 살게 해 준다고……."

소녀의 눈에 살짝 물기가 번져 나왔다.

소녀가 김동하를 바라보며 입을 열었다.

"아저씨! 잠시 딴 곳으로 가시면 안 돼요?"

김동하가 소녀를 물끄러미 바라보았다.

"난 아저씨가 아니란다. 너만큼은 아니지만 너보다는 조금 큰 여동생이 있었지……."

순간 소녀의 물기 젖은 눈이 깜박였다.

김동하가 잠시 소녀를 바라보다가 입을 열었다.

"그 상자 안에 뽀삐라는 아이가 있느냐?"

소녀가 상자를 바라보다가 머리를 끄덕였다.

"네! 할머니 말로는 이제 18살이 되었다고 했어요. 이만해도 오래 살았다고 한 걸요."

김동하가 아무 말도 하지 않고 소녀를 바라보다가 입을 열었다.

"먼저 죽은 아이도 같은 나이겠구나?"

소녀가 대답했다.

"같은 날, 같은 곳에서 같이 데려왔다고 했으니 나이도 같을 거예요."

소녀와 김동하의 대화에 소녀의 아버지가 끼어들었다.

"미안하지만 우리 딸아이에게 참 소중했던 강아지들이 나이가 들어 죽어서 같이 묻어주려는 것인데 자리 좀 비켜주시겠소?"

소녀의 아버지가 김동하를 올려다보고 있었다.

김동하는 소녀의 아버지 눈빛을 보며 희미하게 머리를 끄덕였다.

맑은 눈이며 정직한 눈빛이다.

이런 사람들은 남을 속이거나 거짓말을 하지 못한다.

또한 너무 외골수적인 면이 많아서 주변에서 시기하고 적을 많이 두는 관상이었다.

김동하가 소녀의 아버지를 바라보며 입을 열었다.

"그 죽었다는 뽀삐라는 아이에게 해코지를 하려는 것이 아니오. 그러니 잠시 소녀의 손에 쥐어진 상자 속의 뽀삐라는 아이를 저에게 한번 줘 보시겠소?"

소녀의 아버지가 물었다.

"이미 죽은 강아집니다. 그걸 봐서 뭘 하시려는 것이오?"

김동하가 빙긋 웃었다.

김동하가 약간 놀란 눈으로 서 있는 소녀를 보며 다시 입을 열었다.

"내가 그 아이를 잠시만 볼 수 있게 해주지 않겠느냐? 해

코지를 하려는 것도 아니고, 나쁜 짓을 하려는 것도 아니란다."

소녀는 김동하가 내미는 손을 바라보다가 김동하의 발아래서 꼬리를 흔들고 있는 포메라니안을 보며 눈을 깜박였다.

하지만 자신도 모르게 김동하의 손에 작은 상자를 내밀었다.

"함부로 만지시면 안 돼요."

소녀가 걱정되는 듯이 상자를 손으로 쓸었다.

김동하가 빙긋이 웃었다.

"내일이면 이곳을 떠났을 것이니 오늘 이렇게 만난게 이 아이에게도 참 운이 좋은 날이 될 것 같구나."

김동하의 말을 알아들을 수 있는 사람은 없었다.

김동하가 잠시 상자를 바라보다가 뚜껑을 열었다.

뚜껑이 열린 상자 속에는 잠을 자는 듯 눈을 감고 있는 작은 강아지가 있었다.

강아지의 몸 아래쪽에는 부드러운 천이 깔려 있었고 강아지의 머리 쪽에는 강아지가 가지고 놀던 것으로 보이는 장난감과 정성스럽게 만들어진 또 다른 상자가 놓여 있었다.

상자 속에는 각종 강아지의 간식거리와 사료 같은 것이 들어 있었다.

강아지는 하얀색의 말티즈였다.

체구는 지금 김동하의 발아래에서 김동하를 올려다보고 있는 포메라니안보다 약간 작은 느낌이 들었다.

그야말로 예쁘게 키운 흔적이 역력했다.

김동하가 소녀를 보며 입을 열었다.

"참 예쁘게 생긴 아이구나?"

소녀가 머리를 끄덕였다.

"뽀삐에요."

소녀는 다시 죽은 뽀삐의 모습을 보자 눈물이 나는 듯 울먹이고 있었다.

뽀삐의 짝 미키가 죽었을 때에도 하루 종일 눈물만 흘리고 아무것도 먹지도 못했던 소녀였다.

이제 하나 남았던 뽀삐까지 죽었으니 소녀로서는 그야말로 친 혈육을 잃은 것 같은 슬픔을 느끼고 있을 것이었다.

김동하가 소녀를 보며 물었다.

"너의 이름이 무엇인지 물어도 되겠느냐?"

소녀가 대답을 하기도 전에 소녀의 어머니가 약간 날카로운 목소리로 입을 열었다.

"지금 뭘 하시는 거예요? 어서 강아지를 돌려주세요. 여보! 뭐해요?"

소녀의 어머니는 김동하가 소녀의 이름을 묻는 것이 불안하고 짜증이 난 듯한 얼굴이었다.

소녀의 아버지가 김동하를 보며 입을 열었다.

"그 강아지 주시고 잠시 다른 곳으로 자리나 비켜주시죠. 오래 걸리지 않을 것이니 크게 방해는 되지 않을 것입니다."

김동하가 소녀의 아버지를 보며 나직하게 입을 열었다.

"잠시 물 한잔 먹을 정도의 시간이면 될 것이오. 괴롭힐 생각이 없으니 걱정하지 마십시오."

말을 마친 김동하가 상자를 들고 몸을 돌렸다.

그 모습을 본 소녀의 아버지와 소녀의 어머니가 김동하를 향해 소리치려다 입을 닫았다.

강아지를 들고 멀리 가는 것이 아니라 그 자리에서 몸을 돌리기만 했을 뿐이었기에 호들갑을 떨기는 아무래도 민망한 느낌이 들었기 때문이었다.

또한 김동하의 태도는 죽은 강아지를 가지고 해코지를 하려는 모습은 아닌 것으로 보였다.

김동하의 눈이 지그시 감겼다.

몸을 돌린 김동하가 상자의 안에 잠을 자듯이 누워있는 강아지의 몸 쪽으로 얼굴을 살며시 기댔다.

이내 약간 벌어진 김동하의 입에서 너무나 황홀한 느낌의 푸른빛이 흘러나오기 시작했다.

일반적으로 김동하는 자신의 손에 천명을 받아 넘겨주었지만 지금은 그냥 입에서 흘러나오는 천명을 뽀삐라는 강아지에게 직접 불어넣어 주고 있었다.

후우우우우웅―

들릴 듯 말 듯한 휘파람 소리와 같은 것이 김동하의 입을 통해 뽀삐라는 강아지에게 전해졌다.

김동하가 몸을 돌리고 있었기에 소녀와 소녀의 부모는 김동하가 천명을 뽑아내는 것을 볼 수가 없었다.

단지 죽은 강아지를 자세히 살펴보는 것처럼 보일뿐이었다.

그때였다.

천명을 받은 상자속의 뽀삐라는 강아지가 눈을 반짝 떴다.

김동하와 눈이 마주친 강아지가 몇 번 눈을 깜박이다가 김동하의 얼굴을 혀로 살짝 핥았다.

김동하의 입가에 미소가 떠올랐다.

"너의 천수가 다했지만 슬퍼하는 주인을 위해 몇 번의 기회를 다시 주는 것이니 행복하게 살다가 가거라."

나직하게 말을 마친 김동하가 다시 몸을 돌려 상자를 소녀에게 내밀었다.

"그리 길진 않으나 두해 정도는 더 함께 있을 수 있을 것이다."

김동하가 내미는 상자를 받은 소녀의 얼굴이 하얗게 굳어졌다.

"뽀삐!"

귀를 찢을 듯한 비명소리와 같은 괴성이었다.

소녀의 괴성에 상자 속에서 맑은 소리가 흘러나왔다.

"멍!"

상자 속에서 너무나 귀에 익은 뽀삐의 짖는 소리가 들렸다.

"엄마! 아빠! 뽀삐가 살았어. 어떡해, 어떡해."

순간 소녀의 아버지와 소녀의 어머니가 상자를 바라보았다.

죽어서 몸이 차갑게 식혀져 경직된 것을 상자 속에 담았던 두 사람이었다.

소녀의 어머니는 결혼하기도 전부터 키워왔던 뽀삐가 죽었다는 것을 알고 소녀와 함께 같이 눈물까지 흘렸던 여인이었다.

그런 그들의 앞에 죽었던 뽀삐가 다시 살아난 것이었다.

소녀의 아버지는 놀란 얼굴로 다시 살아난 뽀삐를 바라보다가 김동하를 올려다보았다.

그의 눈에 비친 김동하는 너무나 신비롭게 느껴지고 있었다.

긴 머리칼을 늘어트린 김동하가 그런 소녀의 가족을 말없이 바라보고 있었다.

소녀의 어머니는 딸이 다시 품에 뽀삐를 안고 마치 고무

공처럼 통통 튀며 좋아하는 것을 보며 믿을 수 없다는 듯
이 소녀와 김동하를 번갈아 바라보고 있었다.

　소녀의 아버지가 물었다.

　"다, 당신이 살려준 것이오?"

　김동하가 살짝 웃었다.

　"좋은 인연으로 만나 행복하게 살다 가는 아이였습니다.
하지만 헤어지는 것이 슬퍼 보여 잠시 그 헤어짐의 시간을
뒤로 밀어놓은 것이지요. 그리 오래는 같이 있지 못하겠지
만 두해 정도는 더 같이 지낼 수 있을 것입니다."

　"세상에……."

　"어머나."

　소녀의 아버지와 소녀의 어머니는 괴팍하고 민망한 모습
의 김동하에게 설명하지 못할 엄청난 신비로움이 숨겨져
있다는 것을 느꼈다.

　한편 뽀삐를 안고 마치 날아갈 듯 방방 뛰던 소녀가 김동
하를 보며 머리를 숙였다.

　"아저씨! 고마워요. 정말 고마워요."

　소녀의 입가에 날아갈 듯한 미소가 걸렸다.

　김동하가 머리를 끄덕였다.

　"그래. 그리고 난 아저씨가 아니란다."

　소녀가 눈물이 그렁한 얼굴로 김동하를 바라보았다.

　잠시 뽀삐를 안고 환호성을 터트린 소녀가 김동하를 돌

아보았다.

"아저씨! 우리 미키도 살려줄 수 있나요?"

김동하의 눈이 살짝 흔들렸다.

소녀가 다급하게 입을 열었다.

"뽀삐 혼자 살아나서 지내면 혼자라서 쓸쓸할 거예요. 그러니까 미키도 좀 살려주시면 안 돼요?"

소녀의 어머니가 소녀를 나무랐다.

"미키는 이미 죽어서 4일 전에 저기 묻었잖아. 그건 안 되는 거야. 다혜야. 죽어 땅에 묻힌 걸 어떻게 다시 살려?"

소녀의 어머니는 뽀삐가 살아난 것만으로도 너무나 다행한 일이라고 생각했다.

하지만 소녀는 뽀삐를 품에 안고 반짝이는 시선으로 김동하를 바라보고 있었다.

김동하의 머릿속에 자신을 바라보며 예쁘게 미소를 짓던 여동생 김종희의 얼굴이 소녀의 얼굴에 겹쳐져서 보였다.

김동하가 잠시 소녀를 보다가 입을 열었다.

"다혜라고 하였느냐?"

소녀가 머리를 끄덕였다.

"예! 윤다혜라고 해요."

김동하가 다혜를 보며 입을 열었다.

"할 수 있을지 없을지 모르나 그 아이를 내게 보여주겠느냐?"

다혜의 아버지가 물었다.

"주, 죽은 강아지를 살린단 말이오?"

김동하가 빙긋 웃으며 주변에서 네 사람을 바라보고 있는 고양이와 강아지를 가리켰다.

"이 아이들도 원래는 죽었어야 할 아이들이지요. 하지만 천수를 되돌려 다시 살아난 것입니다."

"세상에……."

다혜 아버지의 눈이 커지고 있었다.

다혜 어머니는 아예 김동하를 귀신을 보듯 바라보고 있었다.

다혜가 재빨리 자신의 아빠를 채근했다.

"아빠! 미키 찾아줘."

다혜 아버지가 놀란 눈으로 딸을 바라보다 급하게 자신의 등 뒤에 메고 있던 가방에서 작은 삽을 꺼냈다.

캠핑용으로 사용하는 야전삽이었다.

한쪽에는 땅을 팔 수 있는 날카로운 괭이 같은 것이 달려 있고, 뒤쪽은 삽의 용도로 사용할 수 있는 도구였다.

다혜의 아버지가 급하게 김동하가 앉아 있는 바위 위쪽으로 올라왔다.

고양이와 강아지들이 급하게 다혜의 아버지를 피해서 김동하가 있는 곳으로 이동했다.

이내 다혜의 아버지는 김동하가 앉아 있던 곳에서 약

10m 정도 떨어진 나무의 아래쪽으로 걸어갔다.

나무의 아래에는 작은 십자가가 땅에 박혀 있었고, 그 아래 뽀삐를 담았던 것과 같은 상자가 땅속에 묻혀있었다.

팍팍팍—

다혜의 아버지가 땅을 파기 시작했다.

4일 전에 팠던 땅이었기에 흙은 부드러웠다.

잠시 후.

다혜의 아버지가 땅속에서 약간 흙이 묻어 지저분해 진 상자를 꺼내었다.

이미 부패가 되기 시작한 것인지 상자 주변에 액체가 흘러나오는 것 같은 느낌이 들었다.

다혜의 아버지가 이마를 찌푸렸다.

그는 살짝 악취까지 풍겨지는 것 같은 상자를 보다 머리를 돌려 김동하를 바라보았다.

"4일이나 지나 이미 썩기 시작한 것 같습니다. 요즘 같은 여름에는 빨리 부패가 시작되지요. 상자에서 시액이 흐르고 냄새가 나는 것 같은데 굳이 가져갈 필요가 있겠소?"

다혜 아버지는 상자가 젖어 있다는 것으로 인해 미키의 시신이 썩기 시작했다고 생각했다.

하지만 그것은 그의 착각이었다.

상자가 젖은 것으로 느껴지는 것은 땅의 습기 때문이었고, 냄새가 나는 것은 그가 미리 짐작으로 냄새가 나는 것 같다고 착각을 하고 있는 것이었다.

김동하가 자리에서 일어섰다.

김동하가 일어서자 김동하의 주변에 있던 동물들도 김동하를 따라 움직이기 시작했다.

김동하가 제일 먼저 구해준 포메라니안이 김동하가 움직이는 것을 보며 꼬리를 흔들었다.

"멍!"

김동하의 시선이 포메라니안을 바라보다가 입을 열었다.

"따라오지 말거라."

"낑!"

포메라니안이 머리를 숙이다가 이내 배를 깔고 김동하가 앉아 있던 바위에 엎드렸다.

그러자 다른 강아지들과 고양이들도 같은 자세를 취했다.

김동하가 이내 걸음을 옮겨 다혜 아버지의 곁으로 다가섰다.

"상자를 이리 줘 보시겠습니까?"

김동하가 손을 내밀자 다혜 아버지는 자신이 다시 파낸 상자를 김동하의 손에 건네주었다.

그의 얼굴은 약간 찌푸려진 느낌이었다.

아무리 소중하게 키운 강아지라고 해도 죽어 부패하고

조선남자
朝鮮男子

있는 상황이라면 보기 힘들 것이고 만지는 것도 부담스러운 것은 당연했다.

김동하가 상자를 받고 다혜 아버지를 바라보았다.

"곧 갈 것이니 자리를 비켜주십시오."

"예!"

다혜 아버지는 자신도 모르게 머리를 숙였다.

이내 그가 다시 딸과 아내가 있는 곳으로 돌아갔다.

다혜 아버지가 돌아가자 김동하가 상자를 바라보다가 상자의 뚜껑을 열었다.

상자 안에는 좀 전에 김동하가 살려낸 뽀삐라는 강아지와 흡사하게 생긴 강아지 한마리가 눈을 감고 누워있었다.

두 눈의 안구 쪽이 움푹 들어가고, 몸의 털은 습기로 인해 젖어 있는 모습이었다.

다혜 아버지의 말처럼 부패가 되기 시작한 것인지 몸의 상태가 좋지 않았다.

죽은 강아지의 목에는 미키라는 이름표가 적힌 은색의 목걸이가 걸려 있었고 쪽지처럼 보이는 편지 한 장도 올려져있었다.

상자 안의 구성품은 좀 전에 뽀삐가 담겼던 것과 거의 흡사했다.

김동하가 그런 강아지를 잠시 내려다보다가 조용히 내려놓았다.

상자 속에서 냄새가 흘러나온다는 것을 김동하도 알고 있었기에 얼굴을 직접 댈 수는 없었다.

이내 김동하가 눈을 감고 입을 벌렸다.

순간 또다시 김동하의 입에서 푸른색의 황홀한 빛이 흘러나오기 시작했다.

후우우우우우웅—

김동하는 자신의 손에 입에서 흘러나오는 푸른 천명의 기운을 받아냈다.

두 손이 가득 찰 정도의 기운이었다.

기운을 상자 속으로 조심스레 부어넣었다.

스르르르르르—

상자 속에 채워져 있던 천명의 기운이 죽은 강아지의 몸으로 들어가기 시작했다.

순간 푹 꺼져있던 안구부분이 단번에 살아나고 축축했던 털이 뽀송하게 말랐다.

동시에 부패로 인해 가스가 찬 것으로 보였던 강아지의 몸이 빠르게 정상으로 되돌아갔다.

불과 1,2초도 걸리지 않을 정도로 순식간에 벌어진 일이었다.

강아지가 눈을 떴다.

몇 번 눈을 껌벅이던 강아지가 김동하의 얼굴을 올려다보았다.

흑백이 선명한 그야말로 총명한 눈이었다.

김동하가 나직하게 웃으면서 입을 열었다.

"몸이 더 부패하여 네 육신이 떨어졌다면 되돌리지 못하였을 것이니라. 너 역시 천수를 다 했으나 떠난 너를 그리워하는 주인의 애틋함이 나를 흔들어 다시 생을 잇게 된 것이니, 짧은 시간이라고 해도 좀 더 주인의 곁에서 머물다가 떠나거라."

"멍!"

강아지가 상자에서 나와 김동하를 보며 살짝 짖었다.

강아지가 혀를 날름거리며 김동하의 다리에 얼굴을 비볐다.

김동하가 상자를 다시 파낸 나무 아래의 흙속에 넣고 흙을 덮었다.

강아지는 자신이 그 흙속에서 4일이나 묻혀 있었다는 것을 모르는 듯 꼬리를 흔들며 그 모습을 바라보고 있었다.

다시 흙을 덮은 김동하가 강아지를 안고 다혜의 가족이 기다리는 곳으로 돌아갔다.

김동하가 품에 미키라는 강아지를 안고 돌아오자 다혜가 소리쳤다.

"꺄악! 미키."

미키라는 강아지는 자신을 키워주었던 다혜를 보자 한순간에 김동하의 품에서 빠져 나와 다혜에게 달려갔다.

"멍! 멍!"

다혜의 품에 안긴 뽀삐가 발버둥을 쳤다.

자신의 짝이었던 미키가 다시 돌아오는 것을 보며 견딜수가 없었던 것이었다.

다혜는 자신의 품안으로 뛰어 들어오는 미키를 안으며 소리쳤다.

"미키! 미키!"

미키를 안은 다혜의 주변으로 뽀삐가 짖으면서 맴돌았다.

다혜 아버지와 다혜 어머니는 믿어지지 않는 장면을 보며 입을 쩍 벌리고 있었다.

"주, 죽어서 썩고 있었던 것 같았는데…….."

다혜 아버지 윤경민은 도저히 자신의 눈앞에서 펼쳐지고 있는 상황을 믿을 수가 없었다.

아내인 이선희도 입을 벌린 채 눈물범벅인 딸이 안고 있는 미키와 뽀삐를 바라보고 있었다.

윤경민이 놀란 얼굴로 빙그레 미소를 지으며 미키와 뽀삐를 안고 있는 다혜를 내려다보고 있는 김동하를 바라보았다.

"도, 도대체 누구십니까?"

윤경민의 눈이 잔뜩 부릅떠져 있었다.

다혜 어머니 이선희가 급하게 김동하를 바라보며 머리를

숙였다.

"고, 고마워요. 정말 고마워요."

김동하가 머리를 흔들었다.

"다혜의 애틋함이 저의 누이를 보는 것 같아서 마음이 시키는 대로 했을 뿐입니다. 큰일은 아니니 그다지 마음에 담아두지 마십시오."

윤경민이 물었다.

"무엇을 하시는 분이십니까?"

윤경민은 죽은 미키와 뽀삐를 살려낸 김동하가 정말 도사처럼 느껴지고 있었다.

김동하가 잠시 윤경민을 바라보다가 입을 열었다.

"그저 돌아가고 싶은 생각만 하며 시간 속에 머물고 있는 사람입니다."

윤경민의 얼굴이 굳어졌다.

김동하의 말을 이해할 수가 없었기 때문이었다.

얼핏 들으면 무언가 심오한 뜻이 담긴 도인의 말처럼 들렸기에 잠시 김동하의 말을 되뇌었다.

그때 그의 아내 이선희가 급하게 말을 했다.

"여, 여보! 사례를 해주세요."

"아! 그, 그렇지."

윤경민이 급하게 자신의 호주머니를 뒤져서 지갑을 꺼내었다.

무언가를 보답해야 하는데 당장 생각나는 것이 돈 밖에 없었다.

그는 자신의 지갑 속에 들어 있던 돈을 모두 꺼냈다.

5만원 권과 1만원 권으로 근 30만원 정도의 돈이 그의 손에 쥐어졌다.

윤경민이 급하게 그것을 김동하에게 내밀었다.

"이, 이것을 받아주십시오. 턱없이 모자라겠지만 현재 가진 것이 이것뿐이어서 송구합니다."

김동하는 현대의 돈은 처음으로 본다.

김동하의 눈이 껌벅였다.

"이, 이게 무엇입니까?"

김동하는 정교한 사람의 얼굴이 그려진 지폐를 바라보며 놀란 듯이 눈을 껌벅이고 있었다.

윤경민이 대답했다.

"현재 가진 것이 이것뿐입니다. 따로 더 원하신다면 이 곳으로 연락주시면 나중에 보내드리도록 하지요."

윤경민이 자신의 지갑에서 명함을 꺼내었다.

[서울중앙지검 부장검사 윤경민]

명함에 박혀 있는 글자였다.

김동하는 언문으로 적혀진 글을 읽으며 이곳에는 전부

언문을 일상적으로 사용한다는 것을 깨달았다.

김동하도 언문은 알고 있었다.

다만 언문은 규방의 여인들과 한자를 쉽게 익히지 못하는 사람들이 주로 사용하는 글자였기에 그다지 많이 사용하진 않았을 뿐이었다.

김동하가 만원짜리 지폐에 그려진 너무나 정교한 얼굴의 남자를 발견했다.

"이건……."

윤경민이 물었다.

"혹시 돈이 적으십니까?"

김동하가 윤경민을 바라보았다.

"이것이 돈입니까?"

윤경민이 머리를 끄덕였다.

"예! 돈이 아닙니까?"

김동하가 눈을 껌벅이며 입을 열었다.

"난 이곳의 돈을 처음 봅니다."

"뭐라고요?"

"이분은 뉘십니까?"

김동하가 만원권의 지폐에 그려진 익선관을 쓴 세종대왕을 손으로 가리켰다.

윤경민이 놀란 얼굴로 김동하를 바라보았다.

사례로 지급하는 돈의 액수가 적다고 자신을 상대로 장

난을 치는 것이 아닌지 의심하는 눈이었다.

하지만 김동하의 얼굴은 전혀 장난을 치는 얼굴이 아니었다.

더구나 이렇게 가까이서보니 비록 머리칼은 봉두난발이지만 얼굴의 윤곽은 자신의 예상보다 훨씬 어리다는 느낌이 들었다.

윤경민이 물었다.

"정말 이게 돈이라는 것을 모른다는 말입니까?"

김동하가 머리를 끄덕였다.

"예! 소생 오늘 처음으로 보는 것입니다."

윤경민은 김동하가 돈을 모른다는 것에 할 말을 잊었다.

하지만 김동하의 표정으로 보아 전혀 장난을 치거나 거짓말을 하는 것 같지는 않았다.

더구나 자신의 명함을 건넸을 때 자신의 직업이 검사라는 것을 알았을 것이다.

검사를 상대로 거짓말을 하거나 속임수를 쓸 간 큰 사람은 웬만하면 없다.

윤경민이 머리를 갸웃했다.

"혹시 미안하지만 나이가 어찌 되십니까?"

윤경민의 물음에 김동하가 잠시 윤경민을 바라보다가 입을 열었다.

"소생의 나이는……."

김동하는 자신이 살던 시대에서 수백년이나 흘렀다는 것을 알고 있었기에 정확하게 자신의 나이가 얼마인지 가늠을 할 수가 없었다.

만약 자신이 천공불진으로 떠났을 때의 나이를 기준으로 한다면 지금쯤 수백살이나 되었을 것이기 때문이다.

김동하가 나직하게 입을 열었다.

"소생의 나이는 소생도 정확하게 모릅니다."

순간 윤경민의 얼굴이 딱딱하게 변했다.

"모, 모른다고요?"

"예!"

"세상에⋯⋯."

옆에서 듣고 있던 윤경민의 부인 이선희도 놀란 얼굴로 김동하를 바라보았다.

윤경민은 김동하가 이상하고 수상쩍다는 것을 느꼈지만 미키와 뽀삐를 살려준 은인에게 무례한 행동을 할 수는 없었다.

설사 김동하가 범죄자의 신분이라고 해도 지금은 감사해야 할 판이었다.

김동하는 윤경민이 자신의 손에 쥐어준 돈에서 만원권 지폐에 그려진 세종대왕을 다시 가리켰다.

"이분이 뉘신지 말씀을 해주실 수 있으신지요?"

윤경민이 눈을 깜박였다.

김동하의 어투가 처음부터 끝까지 하오체였기에 익숙하지 않았고, 듣는 것도 묘한 느낌이었다.

정말 도를 닦는 도인과 대면하고 있다는 느낌까지 들었다.

그렇다고 해도 만원권 지폐에 그려진 세종대왕을 모른다는 건 너무나 이상했다.

하지만 정녕 김동하의 표정으로 보아 모르는 표정이었다.

윤경민이 대답을 하기도 전에 살아서 돌아온 미키와 뽀삐를 안고 있는 다혜가 다가와서 입을 열었다.

"그거 세종대왕님이잖아요, 아저씨!"

"세종대왕?"

한순간 김동하의 얼굴이 굳어졌다.

다혜가 웃으면서 입을 열었다.

"세종대왕님은 한글을 만드신 조선시대 4번째 임금님이에요."

"호, 혹시 조선의 10번째 임금이 누군지 아느냐?"

조선시대의 왕의 시호는 죽은 이후 후대에 실록을 정리하며 정해진다.

그 때문에 김동하가 떠나올 때의 패왕이었던 왕은 성종의 장자인 '융'이 왕위에 올라 임금이 되었다고 알고 있었다.

다혜가 여전히 웃으면서 대답했다.

"태, 정, 태, 세, 문, 단, 중, 예, 성, 연, 중……."

손가락을 집으며 조선시대 왕의 시호를 읊던 다혜가 입을 열었다.

"10번째 임금님은 연산군이에요."

"연산군?"

"예! 폭군으로 알려져서 조나 종의 휘호를 쓰지 못하고 군으로 강등된 거예요."

그 순간 김동하의 눈이 질끈 감겼다.

자신이 살던 시대의 임금이 폭군이 되었다는 것과 그의 시호가 왕의 시호에는 어울리지 않는 군이 되었다는 것에 만감이 교차했다.

한편 김동하의 표정이 달라지는 것을 본 윤경민이 물었다.

"무슨 일이 있으신 것입니까?"

김동하가 잠시 다혜를 바라보다가 다시 물었다.

"연산군의 재위시절이 언제인지 아느냐?"

다혜가 잠시 생각하다가 입을 열었다.

"언제 태어난 것인지는 알 수 없지만 갑자사화가 일어난 이후 2년 뒤에 인조반정이 일어났으니 1506년에 인조로 왕이 바뀌어요."

학교에서 지겹도록 국사의 연혁에 대해 외웠으니 갑자사

화가 일어난 시대까지 외고 있는 다혜였다.

"1506년!"

김동하의 눈이 껌벅였다.

잠시 눈을 깜박이던 김동하가 윤경민을 바라보며 물었다.

"올해가 몇 년입니까?"

윤경민은 김동하가 마치 장난을 치는 듯한 느낌이었다.

하지만 김동하의 표정은 전혀 장난을 치는 느낌이 아니었다.

윤경민은 김동하가 한서영의 집에서 처음으로 이곳 세상의 사람과 대화를 나눈 이후 두 번째 대화를 나누고 있다는 것은 짐작도 하지 못했다.

윤경민이 더듬거렸다.

"오, 올해는 2019년이 아닙니까?"

대답을 듣는 순간 김동하의 눈이 질끈 감겼다.

자신이 떠나올 때 왕의 모후로 인해 시작된 갑자년의 변고가 한양도성에서 곡소리와 피 냄새로 가득하게 했다는 말이 머릿속에 떠올랐다.

갑자년의 사화 이후 왕이 2년 후에 반정으로 폐위되었다고 하였으니 자신이 떠나온 해가 1504년이라는 것도 금방 알아챘다.

당시의 연혁과 지금의 연혁이 달랐으니 사람들을 대면하

지 않았던 상황에서는 알 수가 없었던 일이었다.

"514년."

혼잣말처럼 중얼거리는 김동하의 목소리는 절망스런 느낌이 가득했다.

천공불진의 공간을 통해 자신이 넘어온 세상이 그때로부터 514년이라는 세월이 흘렀다는 사실에 김동하의 가슴이 허물어졌다.

윤경민이 물었다.

"예? 514년이라니요?"

옆에서 김동하의 얼굴을 살피던 윤경민의 부인 이선희가 급하게 입을 열었다.

"여보! 이분께서 무슨 사연이 있으신가 봐요."

이선희는 김동하의 얼굴에 나타나는 고통스런 표정을 보며 놀란 표정을 지었다.

윤경민은 김동하에게 더 알고 싶은 것이 많았지만 아내의 만류로 인해서 물을 수가 없었다.

다혜가 김동하를 바라보며 입을 열었다.

"아저씨! 우리 미키와 뽀삐 살려주신 것 절대 잊지 않을게요."

김동하가 창백한 얼굴로 대답했다.

"그, 그래."

이선희도 머리를 숙였다.

"고마워요. 은혜는 잊지 않겠어요."

겉으로 보이는 모습이 참으로 기괴하고 민망했지만 사람을 해치지 않고 자신들에게 너무나 소중한 반려견을 다시 살려준 사람이었다.

좀 더 현실적인 사례를 하고 싶었지만 선뜻 김동하에게 다가서기에는 부담스러웠다.

윤경민이 김동하를 바라보며 입을 열었다.

"사례금이 모자라면 언제든지 제가 드린 명함에 적힌 번호로 전화를 주십시오. 참! 지금까지 성함을 물어보지 않았군요."

김동하가 멍한 시선으로 윤경민을 바라보았다.

"김동하라고 합니다."

김동하의 입에서 힘이 빠진 목소리가 흘러나왔다.

그때 다혜가 김동하를 보며 입을 열었다.

"근데 아저씨는 왜 머리를 안 잘라요?"

"……."

김동하는 말을 하지 않았다.

"머리 자르면 좋을 텐데……."

김동하가 잠시 다혜를 내려다보았다.

"신체발부수지부모(身體髮膚受持父母)란다. 다혜야."

김동하의 마지막 말은 무척이나 허무하게 들렸다.

다혜가 눈을 깜박였다.

"그게 무슨 말이에요?"

듣고 있던 윤경민이 대신 대답했다.

"자신의 몸에 난 터럭이나 살은 모두 부모님이 주신 것이어서 함부로 할 수 없다는 뜻이다."

"에? 그렇다고 머리도 안 잘라요?"

다혜가 명심보감에 나오는 한자어를 알아들을 수는 없었다.

김동하가 잠시 다혜를 바라보다 윤경민을 바라보며 입을 열었다.

"저에게 참으로 중요한 것을 알려주셨습니다."

가볍게 윤경민에게 인사를 하던 김동하가 윤경민이 자신에게 쥐여 준 돈을 바라보았다.

"이건……."

김동하는 자신의 손에 쥐어진 돈을 윤경민에게 돌려주려 했다.

그때 이선희가 끼어들었다.

"잠시 산을 내려가셔서 목욕도 하시고 머리도 자르세요. 옷도 사 입으시고요. 돈이 모자라면 저희 다혜 아빠가 주신 명함에 적힌 전화로 전화를 주신다면 충분히 돈을 보내드릴게요."

"……."

"그리고 식사라도 하시면 좋겠어요."

"……."

김동하는 아무 말도 할 수가 없었다.

익숙하지 않은 일이었다.

태어나서 처음으로 누군가에게 이유도 없이 무언가를 받은 느낌마저 들었다.

강아지 두 마리를 살려준 것은 자신에게 천명이라는 하늘의 권능이 심어졌기에 부담 없이 사용했을 뿐이었다.

이선희가 윤경민과 딸 다혜를 향해 입을 열었다.

"이번께 인사를 드리고 우리도 내려가요. 뽀삐와 미키를 목욕시켜야 해요."

땅속에 묻혀 있다가 살아나온 데다 죽었다고 생각해서 털조차 씰어주지 못한 강아지들이었다.

두 마리의 강아지 모두 완전히 숨이 끊어졌다고 생각했기에 행여 그들의 몸에 죽음의 기운이 남지 않았을까 하는 거북함 때문에 마음대로 안지도 못했다.

윤경민이 머리를 끄덕였다.

"알았어."

윤경민이 머리를 돌려 김동하를 바라보았다.

"오늘 너무나 귀하신 분을 만나서 저희로서는 기적과 같은 일을 경험했습니다. 저와 아내가 그리 입이 가벼운 사람들이 아니니 어디 가서도 이런 이야기는 하지 않도록 하겠습니다. 딸에게도 입조심을 시키지요. 그럼 다음에 뵙

262

겠습니다. 그리고 꼭 다시 연락해 주시기를 바랍니다, 김
동하씨."

윤경민은 할 수만 있다면 김동하의 내력을 캐보고 싶었
지만 차마 아내와 딸이 있는 자리에서 은인에게 함부로 할
수가 없었다.

김동하는 아무 말도 하지 않았다.

머릿속에 갑자기 들이친 충격이 너무 컸기 때문이다.

한서영을 만났을 때는 단순하게 과거에서 꽤 오랜 시간
시간을 넘어왔다고만 생각했다.

그런데 514년이라는 엄청난 세월을 단번에 넘었다는 것
이 너무나 충격이었다.

윤경민과 이선희 부부 그리고 그들의 딸인 다혜가 김동
하에게 손을 흔들며 산을 내려갔다.

김동하는 한동안 그 자리에서 움직이지 않고 그들이 산
을 내려가는 것을 멍한 시선으로 바라보고 있었다.

눈은 그들을 향하고 있었지만 정작 그들의 모습을 주시
하고 있는 것은 아니었다.

이제 자신이 떠나온 시대와 이 시대의 차이가 얼마인지
알고 나서의 충격이 아직도 그의 머릿속을 혼란하게 만들
고 있었기 때문이다.

그날 김동하는 날이 저물 때까지 인왕산의 치마바위 근
처 바위에서 움직이지 않았다.

마치 무언가에 심한 타격을 받은 듯 멍한 표정으로 돈의
문 방향을 바라보고 서 있었다.

해가 저물자 서울의 하늘이 어두워지며 비가 내리기 시
작했다.

* * *

띠디디딧—

디지털 도어록의 비밀번호가 찍히는 소리가 울리면서 맑
은 멜로디 음이 흘렀다.

또로로롱—

딸칵—

문이 열리면서 복도의 불빛이 현관 쪽으로 살짝 비쳤다.

이내 문이 조금 열리면서 한 사람이 열려진 문으로 살짝
얼굴을 들이밀었다.

눈이 크고 선이 아름다운 여자였다.

한서영은 자신의 집으로 들어가고 있었지만 심장이 콩닥
콩닥 뛰는 것을 느꼈다.

핸드백을 목에 완전히 감고 등 뒤에 감춘 두 손으론 우산
손잡이를 잡고 있었다.

"아이 씨~ 내 집에 내가 들어가는데 왜 이렇게 떨려?"

얼굴을 현관 사이로 밀어 넣은 한서영이 불이 꺼진 거실

의 모습을 살피다가 아무런 기척이 없자 조용히 안으로 들어섰다.

우산에서 물방울이 떨어지고 있었지만 우산을 털 생각도 하지 않았다.

속옷을 갈아입고 목욕을 해야 하지 않았다면 집으로 들어오지도 않았을 한서영이었다.

한서영이 현관 안으로 들어서자 현관의 조명이 들어왔다.

팟—

"아이 씨~ 놀랐잖아."

불이 켜지는 것만으로도 가슴이 콩닥거리는 한서영이었다.

현관과 거실의 중문을 살며시 밀자 부드럽게 열렸다.

"계세요?"

한서영의 입에서 떨리는 목소리가 흘러나왔다.

자신의 집에서 누군가를 부르는 느낌은 참으로 기묘했다.

한서영의 눈이 살짝 찌푸려졌다.

"내가 지금 뭐하는 거야? 내 집에서 내가 왜 손님처럼 들어와야 해?"

한서영의 눈에 살짝 힘이 들어갔다.

한서영이 신발을 벗고 거실로 들어섰다.

"나와 봐! 여기에 있으면 나와 보라고. 나랑 이야기 좀 해
요."

한서영이 제법 날카롭게 소리쳤지만 그녀의 집은 쥐죽은
듯 고요했다.

그녀의 손에 들린 우산에서 물방울이 떨어져 거실을 적
시고 있었지만 한서영은 전혀 상관하지 않는 얼굴이었다.

거실로 들어선 한서영이 재빨리 거실의 불을 켰다.

팟—

거실은 한서영이 나갈 때의 모습에서 전혀 달라진 것이
없었다.

몸을 돌리던 한서영이 한순간 뾰족한 비명을 질렀다.

"꺄악!"

그녀의 눈에 들어온 것은 베란다 쪽에서 움직이고 있는
하나의 그림자 때문이었다.

하지만 그것이 곧 베란다 창에 자신의 몸이 비친 것을 알
자 울상을 지었다.

"아~ 씨 정말 배지도 않은 애까지 떨어지겠네."

혼자서 중얼거리던 한서영은 갑자기 약이 올랐다.

"씨 나와! 나오란 말이야."

한서영이 성큼성큼 걸어서 안방으로 향했다.

안방 문을 왈칵 열자 컴컴한 어둠이 거실의 불빛에 밀려
났다.

익숙한 자신의 방 향기가 이내 그녀의 콧속으로 들어왔다.

안방으로 들어선 한서영이 주변을 바라보다 욕실 쪽으로 시선을 던졌다.

순간 그녀의 몸이 낮아졌다.

꼭 욕실에 그 남자가 들어 있을 것 같은 생각이 그녀의 머리칼을 쭈뼛 서게 만들었다.

조심스레 욕실로 다가선 한서영이 안쪽에 귀를 기울였다.

아무 소리도 들리지 않았다.

한서영이 조심스레 입을 열었다.

"저기… 안에 있어요?"

한서영의 목소리가 안방을 울렸지만 욕실 안에서는 아무런 소리도 들리지 않았다.

한서영의 눈이 흔들렸다.

"저기… 나올 것 같으면 지금 나와요. 괜히 나 놀래키지 말고."

"……."

울리는 것은 자신의 목소리뿐이었다.

한서영이 잠시 눈을 감았다가 뜨면서 그대로 욕실 문을 벌컥 열었다.

"나와! 귀신색꺄."

짤랑 고함소리가 퍼졌지만 역시 욕실 안도 비어 있었다.

그제야 한서영이 털썩 욕실 앞에 주저앉았다.

"내가 이러다 제 명에 못살지 싶어. 병원에서는 그 방탄 새끼가 나를 괴롭히지 집에서는……."

말을 하던 한서영이 살짝 머리를 흔들었다.

"그 사람이 나를 괴롭힌 것은 없지. 가라고 하니까 갔으니까… 올 때도 자기 마음대로 온 것이 아니라고 했는데……."

말을 하던 한서영이 겨우 일어섰다.

그녀의 눈에 손에 들린 우산에서 떨어진 물방울이 거실까지 이어져 있는 것이 보였다.

한서영이 혀를 찼다.

"쯧! 내 집에서 내가 뭐하는 짓인지 모르겠네."

중얼거리던 한서영이 우산을 들고 다시 현관으로 나가 우산꽂이에 우산을 밀어 넣고 거실로 돌아와 소파에 앉았다.

한서영의 고개가 베란다 창 쪽으로 향했다.

쏴아아아아아아아아—

한여름의 더운 열기를 식히는 비가 장대처럼 쏟아지고 있었다.

한서영의 눈이 깜박이고 있었다.

"그 사람은 이 빗속에서 뭘 하고 있는지 모르겠네. 옷도

그렇게 입고 나갔는데…….”

우스꽝스러웠던 자신의 트레이닝복을 걸친 사내의 모습이 한서영의 머릿속에서 다시 떠오르고 있었다.

그녀로서는 그다지 유쾌하지 않은 기억이지만 그 기억이 머릿속에서 사라지지 않는 것이 왠지 이상했다.

한서영은 한동안 거실의 소파에 앉아서 자신이 왜 집으로 돌아왔는지 잊고 있었다.

*　*　*

쏴아아아아아아아—

그야말로 가슴속까지 서늘해지는 비가 쏟아지고 있었다.

도로변으로 하수구로 미처 흘러들지 못한 빗물이 넘치고 있었고 거리를 지나는 행인들은 우산을 썼지만 비를 피하기 위해서 분주하게 발걸음을 옮기고 있었다.

철벅철벅—

낑낑—

사직공원에서 광화문 방향으로 향하는 도로를 한 사람이 비를 맞으며 걷고 있었다.

얇은 옷에 남루한 차림이었고 긴 머리칼은 물에 젖어서 몸에 쫙 달라붙어 있는 모습이었다.

인왕산에서 내려온 김동하였다.

김동하의 옆에는 역시 비를 흠뻑 맞은 포메라니안 한 마리가 김동하의 보폭에 맞추어 졸래졸래 따라오고 있었다.

김동하가 자신의 옆에서 걷고 있는 포메라니안을 보며 중얼거렸다.

"산속의 돌 틈에 있으면 비를 맞지 않아도 될 것을 굳이 나를 따라나서 고생을 하는구나."

낑낑—

포메라니안이 비에 흠뻑 젖은 머리를 들어 김동하를 올려다보았다.

김동하의 천명에 의해서 살아난 포메라니안은 좀처럼 김동하에게서 떠나려 하지 않았다.

마치 이제부터 김동하가 주인이라고 생각하는 듯했다.

걸음을 옮기던 김동하가 포메라니안을 보며 입을 열었다.

"예전에 부모님이랑 동생이 살던 집을 찾아볼 생각이다. 물론 500년이나 시간이 지났으니 흔적도 없겠지만 잠시 그곳을 들러서 이곳을 떠날 생각인데 너도 나를 따라갈 것이냐?"

김동하의 말을 알아들은 것처럼 포메라니안이 김동하를 바라보며 끙끙댔다.

김동하와 한 마리의 강아지가 비에 흠뻑 젖어 거리를 걷

자 주변을 지나는 사람들이 혀를 찼다.

"쯧! 이 빗속에서 저리 비를 맞으면 나중에 고생할 텐데……."

"아이고 강아지도 흠뻑 젖었네."

사람들은 거지몰골의 김동하와 김동하의 곁에서 한사코 떨어지지 않고 김동하와 함께 걷고 있는 강아지를 보며 안쓰러운 표정을 지으며 스쳐갔다.

하지만 김동하와 강아지는 걸음을 멈추지 않았다.

이곳까지 걸어오면서 김동하는 도로를 달리던 기계틀(자동차)이 공중에 매달린 불을 밝히는 불빛통(신호등)이 붉은색이면 멈추고 푸른색이면 움직인다는 것을 알게 되었다.

마침 허공의 불빛통이 붉은색으로 변했다.

또한 주변에 기계틀들도 그다지 많지 않았다.

더구나 불빛통의 색이 바뀌었기에 건너도 안전하다고 생각했다.

그때였다.

막 비가 쏟아지는 도로의 건널목을 건너려던 김동하의 귀로 귀가 찢어질 것 같은 소리가 들려왔다.

끼이이이이이이이익—

기계틀의 타이어가 찢어지는 것 같은 소리였다.

김동하의 표정이 굳어졌다.

빗속에서 차체가 한 바퀴 돌면서 그대로 자신과 강아지를 향해 승용차 한 대가 미끄러지고 있었다.

그 순간 김동하의 몸이 움직였다.

파앗—

김동하는 몸을 숙임과 동시에 자신의 옆에서 자신을 따르던 강아지를 그대로 품에 안고 허공으로 튕겨 올랐다.

그야말로 순식간에 전개한 비등연공의 절기였다.

이곳에 도착한 이후 두 번째 사용하는 비등연공이다.

한번은 한서영의 아파트에서 뛰어내릴 때 펼친 것이고 그 이후 두 번째 비등연공의 전개였다.

도로의 폭은 근 20m에 이를 정도로 넓은 왕복 6차선의 대로였다.

그런 대로변을 단숨에 강아지를 안고 뛰어넘어버린 김동하였다.

빗길에 미끄러진 승용차는 반대편의 도로 턱을 박고 멈추었다.

콰직—

터엉—

승용차는 위쪽으로 한번 튕겨 올랐다가 아래로 떨어졌다.

승용차의 범퍼와 휀더 그리고 조수석 쪽이 도로 턱의 경계석에 의해 움푹 찌그러진 모습이었다.

벌컥—

"이런 개새끼가 눈깔을 어디서……."

빗속을 걸어 나온 승용차를 운전하던 사내가 잔뜩 화가
난 얼굴로 소리쳤다.

빗길에 운전하던 중 갑자기 사람이 나타났기 때문이다.

신호가 바뀐 것은 알았지만 사람의 모습이 보이지 않았
기에 속도를 올려 지나가려 했던 것이 하마터면 사람을 칠
뻔했다.

차문을 열고 밖으로 나온 운전자가 멍한 표정을 지었다.

길 위에 있어야 할 사람이 보이지 않았다.

"이, 이게 뭐야?"

평소 운전버릇이 더럽고 난폭하기로 소문난 박명호였
다.

그런 그로서도 좀 전의 상황은 등이 서늘해질 만큼 섬뜩
한 순간이었다.

그가 조금 전에 자신이 본 사람의 그림자를 찾아 머리를
돌렸다.

그런 그의 눈에 길 반대편에서 이쪽을 향해 바라보고 있
는 한 사람이 보였다.

빗속이었기에 자신이 본 사람인지 아닌지 확인하기 힘들
었지만 길의 반대편이라면 자신이 본 사람이 아니라고 생
각했다.

아무리 사람이 빨라도 한순간에 길의 반대편으로 옮겨갈 수는 없기 때문이다.

"시벌! 뭐야? 내가 헛것을 본 건가?"

박명호의 눈이 껌벅였다.

이내 그가 머리를 돌리자 완전히 범퍼가 날아가고 조수석의 문짝이 종이처럼 우그러진 차의 모습이 보였다.

"아이~ 제기럴! 뽑은 지 한 달도 안 된 건데……."

박명호의 얼굴이 일그러졌다.

쏟아지는 비로 인해서 온몸이 젖어가고 있었지만 만신창이가 된 것 같은 차를 보는 순간 자신이 빗속에 서 있다는 것을 잊어버렸다.

그의 머릿속에 마누라의 화난 얼굴이 떠올랐다.

김동하는 강아지를 안고 자신을 향해 미끄러져 오던 기계틀 속에서 사람이 나오는 것을 한동안 지켜보다가 몸을 돌렸다.

만약 자신이 비등연공을 몰랐거나 해동무를 익히지 않았다면 크게 다치거나 아니면 죽었을 수도 있을 만큼 기계틀의 속도는 빨랐다.

김동하가 나직하게 중얼거렸다.

"이렇게 퍼붓는 빗속이라면 기마와 수레조차 그 움직임을 늦추거늘… 온전하게 다스리지도 못할 것을 저리 험하게 굴리니 짐승들이 크게 다치는 이유를 알 것 같구나."

김동하의 품속에 안긴 포메라니안이 김동하를 올려다보고 있었다.

김동하는 한번 안아든 포메라니안을 내려놓지 않았다.

비를 맞는 것이 측은하기도 했고 김동하가 안아들자 비에 젖은 탓인지 몸을 가늘게 떨고 있다는 것을 느꼈기 때문이다.

김동하가 다시 걸음을 옮겼다.

김동하의 코로 너무나 맛있는 냄새가 흘러들어왔다.

한순간 김동하는 잊고 있었던 허기를 느꼈다.

"그러고 보니 벌써 며칠째 곡기를 담은 적이 없었구나. 허허 이것 참."

한번 느낀 시장기는 김동하를 괴롭히기 시작했다.

김동하의 품에 안긴 포메라니안도 배가 고픈 것인지 코를 킁킁거리고 있었다.

김동하는 마침 강아지를 구해주고 대가로 받은 돈이 수중에 있다는 것을 기억했다.

김동하가 중얼거렸다.

"이곳의 돈의 가치가 어느 정도인지 모르나 수중에 가진 돈이라면 너랑 나랑 밥 한 끼 정도는 먹을 수 있겠지."

김동하가 저절로 허기를 느끼게 만드는 음식의 향기가 퍼져 나오는 곳을 찾아 발걸음을 옮겼다.

＊　＊　＊

"선배는 왜 그렇게 한서영이를 괴롭히시는 겁니까?"

세영대학 병원의 인턴 유상태가 선배인 레지던트 3년차
최태영의 잔에 술을 따르면서 물었다.

최태영이 힐끗 유상태를 바라보았다.

"네가 그것을 알아서 뭐하게?"

최태영의 눈빛이 싸늘했다.

유상태가 머리를 흔들었다.

"한서영이가 선배라면 질색팔색하는 것을 아십니까?"

최태영의 입가에 차가운 미소가 떠올랐다.

"여자가 고분고분한 맛이 있어야지 그 앤 용수철 같아서
누르면 튀어 올라. 난 그것을 꺾어놓고 싶고."

유상태가 잠시 최태영을 바라보며 물었다.

"혹시 한서영이가 마음에 들어서 그러는 것 아닙니까?"

유상태의 말에 최태영이 눈을 치켜떴다.

"뭐 인마? 네가 그것을 어떻게 알았어?"

비가 내리는 광화문 오정박(五鼎礴)은 명성대로 사람들
로 붐비고 있었다.

황태찜이 유명한 음식점으로 근동의 회사원들이나 공무
원들이 간단하게 술자리를 위해서 즐겨 찾는 곳이었다.

모처럼의 휴식일이었기에 최태영이 퇴근을 하는 유상태를 붙잡아 이곳에서 간단하게 소주를 한잔 하고 있는 중이었다.

유상태로서는 하늘같은 선배인 최태영이 술자리를 하자는 말을 거절하지 못했다.

더구나 이렇게 비가 쏟아지는 날은 지친 몸을 달래기 위해서 술이라도 한잔 걸치고 집에 들어가야 피로가 풀릴 것 같았다.

결국 이곳까지 오게 된 유상태는 선배이자 선임인 레지던트 최태영에게 한서영에게 심술궂게 구는 이유를 물었지만 돌아오는 것은 최태영의 사나운 눈길뿐이었다.

실상 최태영은 한서영을 너무나 좋아했다.

하지만 한서영의 톡톡 튀는 말버릇과 선배에게도 기가 죽지 않는 도도함이 마음에 들지 않았다.

자신이 마음에 들어 하는 여자는 순종적이고 고분고분해야 한다는 나름의 원칙 때문이었다.

그 때문에 늘 한서영을 괴롭히고 도발하는 것이다.

언젠가 자신과 한서영이 같은 병원을 차릴 것이라는 계획을 가지고 있는 최태영이었다.

"한서영이 같은 계집애는 그 도도함을 꺾어 놔야 해. 영리하고 똑똑하면 자기가 잘난 줄 알고 남자를 무시하고 같은 서열이라고 생각하지. 난 그런 건 용납 안 해."

"선배!"

유상태는 최태영의 심리가 이해가 되지 않았다.

한서영은 친해지면 그 어떤 남자와도 비교를 할 수 없을 정도로 의리파이자 쾌활한 여자였다.

그런 한서영을 길들이려는 최태영의 의도가 거북스러웠다.

어차피 소주 한잔 마시고 귀가하고 싶었기에 최태영의 호출을 거절하지 않았지만 최태영의 이런 마음을 안 순간 그와 술자리를 하고 있는 자신이 한심하다는 생각이 들었다.

최태영은 철저하게 자신이 남자라는 사실과 의사라는 사실에 부심을 느끼는 존재였다.

이런 남자와 결혼을 하는 여자라면 한평생 최태영의 수족과 같은 노예로 살아야 할 것이다.

그리고 한서영은 그런 최태영의 의도대로 절대로 따르지 않을 여자였다.

대학 병원에서 수련의의 생활을 하는 인턴과 레지던트사이가 아니라면 아예 한서영은 최태영 같은 사람은 거들떠보지도 않았을 것이었다.

대학시절의 한서영의 모습을 너무나 잘 기억하고 있는 유상태로서는 최태영이 한서영의 마음을 얻으려는 방법이 한참이나 잘못되었다고 생각했다.

최태영이 술잔을 입으로 가져가서 털어 넣었다.

"크으~"

쓴 술의 뒷맛을 혀끝으로 느낀 최태영이 잔을 내려놓으며 입을 열었다.

"너도 내일부터 내가 시키는 일이나 잘해. 뺀질거리지 말고."

유상태의 이마가 살짝 찌푸려졌다.

유상태의 입이 열렸다.

"뭐 제가 언제 선배 말을 안 들은 적이 있습니까?"

최태영이 힐끗 유상태를 바라보았다.

"내일부터 한서영이 작성하는 일지를 과장님한테 제출하기 전에 몰래 나한테 가져와."

"예?"

유상태의 눈이 껌벅였다.

수련의는 자신이 병원에서 행동했던 모든 일과를 일지로 작성해서 제출해야 했다.

즉 환자를 대면한 일과 자신이 진행했던 의료행위를 전부 상세하게 기록해서 제출한다.

일지의 내용은 수련의의 의료수업에 직접적인 영향을 미치는 것이 일반적이었다.

유상태는 최태영이 한서영의 일지를 빼돌려 몰래 꿍꿍이를 꾸밀 것임을 직감했다.

유상태가 입을 열었다.

"한서영이 알면 가만히 안 있을 텐데요?"

최태영이 빙긋 웃었다.

"지가 가만히 안 있으면 어쩔 건데? 그 도도하고 앙팡진 콧대를 눌러놔야 나중에 내가 편해져."

최태영은 조만간 한서영이 자신에게 백기를 들 것이라고 확신했다.

인턴과 레지던트의 관계는 그야말로 쥐와 고양이 같은 관계다.

특히 세영대학 병원은 말도 되지 않는 똥 같은 의사군기가 빡세기로 소문이 날 정도였고 그 때문에 인턴들이 수련의 과정을 마치면 치를 떨 정도로 압박이 심했다.

선배들에게 잘못 보일 경우 간단한 드레싱도 하지 못하게 만들었고 물심부름이나 담배심부름까지 해야 하는 경우도 있었다.

최태영은 지금까지 해온 한서영에 대한 괴롭힘을 좀 더 강도를 높여 진행할 생각이었다.

어쩌면 그것이 한서영으로부터 더 반감을 살 수도 있었지만 나중에 자연스럽게 풀어주며 한서영을 달랜다면 한서영이 자신에게 넘어올 것이라고 믿었다.

유상태는 아무 말도 할 수가 없었다.

사악한 최태영의 마음을 읽었지만 한서영이 만만한 상대

가 아니었기에 그저 당하고 있지만은 않을 것이라고 생각했다.

어쩌면 최태영이 더 곤욕을 치를 수도 있을 것이라고 생각했다.

더구나 만약 최태영이 한서영을 지독하게 괴롭히는 것을 지속할 경우 한서영이 내과에서 외과 쪽으로 갈아탈 수도 있을 것이라고 생각했다.

외과의 인턴이나 레지던트 생활은 내과보다 더 가혹하고 힘들겠지만 한서영은 최태영의 얼굴을 보지 않는 조건이라면 그 선택도 주저하지 않을지 모르는 일이었다.

그만큼 한서영이 최태영에게 갖는 반감은 컸다.

"일어나자. 술값은 네가 계산해."

최태영이 살짝 붉어진 얼굴로 유상태를 바라보았다.

유상태가 입맛을 다셨다.

테이블위에는 소주 두병이 놓여 있었다.

많이 마신 것은 아니지만 그럼에도 고작 몇 만원 되지도 않는 돈을 자신에게 내라고 말하는 최태영의 쪼잔함에 저절로 한숨이 흘러나왔다.

유상태가 계산을 하고 돌아오자 이미 최태영은 자리에서 일어나 입구로 향하고 있었다.

유상태가 혀를 찼다.

"쪼잔한 새끼, 저것도 선배라고……."

하필이면 최태영 같은 선배의 눈에 찍혀서 애꿎은 고생을 하는 한서영이 안쓰럽다는 생각이 들었다.

유상태는 술자리가 이렇게 끝나는 것이 차라리 홀가분했다.

마음에 내키지 않는 최태영의 곁에서 그에게 말장단을 맞춰주는 것보다 집으로 돌아가서 동생과 함께 소주 한잔 걸치고 푹 쉬는 것이 그에겐 더 편한 술자리일 것이다.

의사라는 직업은 참으로 좋은 직업이고 남들이 우러러보는 직업이긴 하지만 전문의가 되기 전까지의 과정은 그야말로 막노동꾼이라고 해도 과언이 아닐 정도로 힘들고 피곤한 일상의 반복이다.

그것을 이겨내고 전문의가 되면 그동안의 고생이 눈 녹듯이 사라진다.

유상태가 테이블 위를 힐끗 훑어보고 입구 쪽으로 걸음을 옮겼다.

오정박을 나서자 장맛비처럼 비가 거세게 내리고 있었다.

최태영은 잠시 난감한 표정을 짓다가 손에 들린 우산을 바라보았다.

병원에서부터 들고 나온 우산이었다.

하지만 이 빗속에 거리로 나선다면 바짓단이 다 젖을 것 같았다.

쏴아아아아아아아.

잠시 거리로 나서지 못하고 서있 는 그의 눈에 막 오정박
으로 들어서려는 사내 한명이 보였다.

사내는 비에 흠뻑 젖어 있었다.

더구나 보는 사람들의 얼굴을 찌푸리게 만들 정도로 난
감해 보이는 트레이닝복과 신발도 신지 않은 초라한 몰골
이었다.

긴 머리칼은 허리까지 늘어져서 비에 젖어 몸에 찰싹 달
라붙어 있었고 품에는 역시 물에 흠뻑 젖은 강아지 한 마
리가 안겨 있었다.

오정박으로 들어서던 김동하는 코를 자극했던 음식의 향
기가 이곳에서 풍겨 나오는 것을 확인했다.

막 안으로 들어서려는 김동하의 품에 안겨 있던 포메라
니안이 몸에 묻은 물기를 털기 위해서 몸을 털었다.

줄곧 비를 맞다가 비를 맞지 않은 곳에 도착하니 바로 본
능적으로 몸을 털어댄 것이다.

"엇! 차거!"

최태영이 와락 이마를 좁히며 뒤로 주춤 물러섰다.

"이런 개새끼가?"

최태영의 잇새로 낮은 목소리가 흘러나왔다.

김동하가 품속의 포메라니안이 몸을 털자 물기가 튀었다

는 것을 알고 황급히 이마를 숙였다.

"죄송하오. 이놈이 비를 맞아 추워서 그런 모양이니 이해를 바랍니다."

최태영이 김동하를 노려보았다.

"당신 개요?"

김동하가 잠시 최태영을 바라보다 입을 열었다.

"원래부터 키우던 것이 아니라 내 것이라 할 수는 없어나 지금은 나와 함께 하는 아이임에는 분명하오."

최태영이 이마를 좁혔다.

"재수가 없으려니 별 거지같은 게……."

최태영이 김동하를 쏘아보았다.

김동하의 얼굴이 굳어졌다.

사람들이 자신을 두고 수군거리는 소리는 인왕산에서부터 이미 알고 있었지만 이렇게 면전에서 직접적으로 비아냥거리는 것은 처음이었다.

김동하가 입을 열었다.

"난 거지가 아닙니다. 그리고 말 못 하는 짐승이 모르고 그랬으니 그리 크게 비난할 일은 아닌 듯 하오만."

최태영의 얼굴이 굳어졌다.

비록 김동하의 몰골이 기괴망측했지만 말투나 행동이 차분하다는 것을 느꼈다.

최태영이 이마를 좁히며 실소를 머금었다.

"어이가 없군. 좀 떨어지쇼. 더러워서 냄새나니까."

최태영은 거지같은 김동하와 더 이상 대화를 하고 싶지 않았다.

하지만 지금의 김동하의 모습을 보며 자신도 모르게 말이 툭 튀어나왔다.

"그 꼴로 여길 들어가려는 것이오?"

그때였다.

후다다다다다닥—

누군가 오정박의 안에서 급하게 튀어나오고 있었다.

"비켜요, 비켜."

사내 한명이 여자 한명을 업고 너무나 다급하게 오정박의 계단을 튀어 내려오고 있었다.

최태영이 놀란 표정으로 옆으로 비켜섰다.

여자를 업고 내려오는 남자의 얼굴은 창백했고 등에 업힌 여자의 발을 타고 시뻘건 피가 흘러내리고 있었다.

남자가 너무나 다급하게 소리쳤다.

"태, 택시 좀 잡아주세요. 제발!"

남자의 목소리에는 울음기가 담겨 있었다.

〈다음 권에 계속〉

48세의 무명가수 강민수.
그의 경력은 90년대 가요제 본선진출뿐이다.

'시간을 되돌릴 수만 있다면…….'

전설들이 치고받던 가요계의 전성기,
90년대 가요계를 접수하기 위해 돌아왔다!

**회귀한 내가 90년대 가요계 전설이고,
내가 바로 90년대 톱스타닷!**

의향도 현대판타지 장편소설

회귀하여 90년대
톱스타 되기

[역사를 플레이 하는 성군]

신하의 충성도와 능력치를 볼 수 있는 힘.
그 힘은 군주가 가질 수 있는 최고의 능력이었다

"신궁 이성계? 이 자를 이용해 대륙을 정벌해?"

고려 말, 우왕으로 태어난 게임 기획자 김
어머니를 지키기 위해 고려의 미래를 바꾸

게임으로
성군이 되자

다물 대체역사 장